こりんさん
ill. kr木
元
クラスメイトの
アイドルが、
とに
挙動不審なんです。
JN102619
GCN文庫

「それでは聞いて下さい。『ずっと友達』」

その声に合わせて、DDGの演奏が始まる。

この曲は、俺もよく知っている。

というか、エンジェルガールズの中で一番好きな曲だ。

一条卓也

三枝紫音

何故かそこには、
思いっきり頬をフグみたいにぷっくりと膨らませた
三枝さんの姿があった。
――ん？　いやいやいやいや、何!?

クラスメイトの元アイドルが、
とにかく挙動不審なんです。

著：こりんさん
イラスト：kr木

GCN文庫

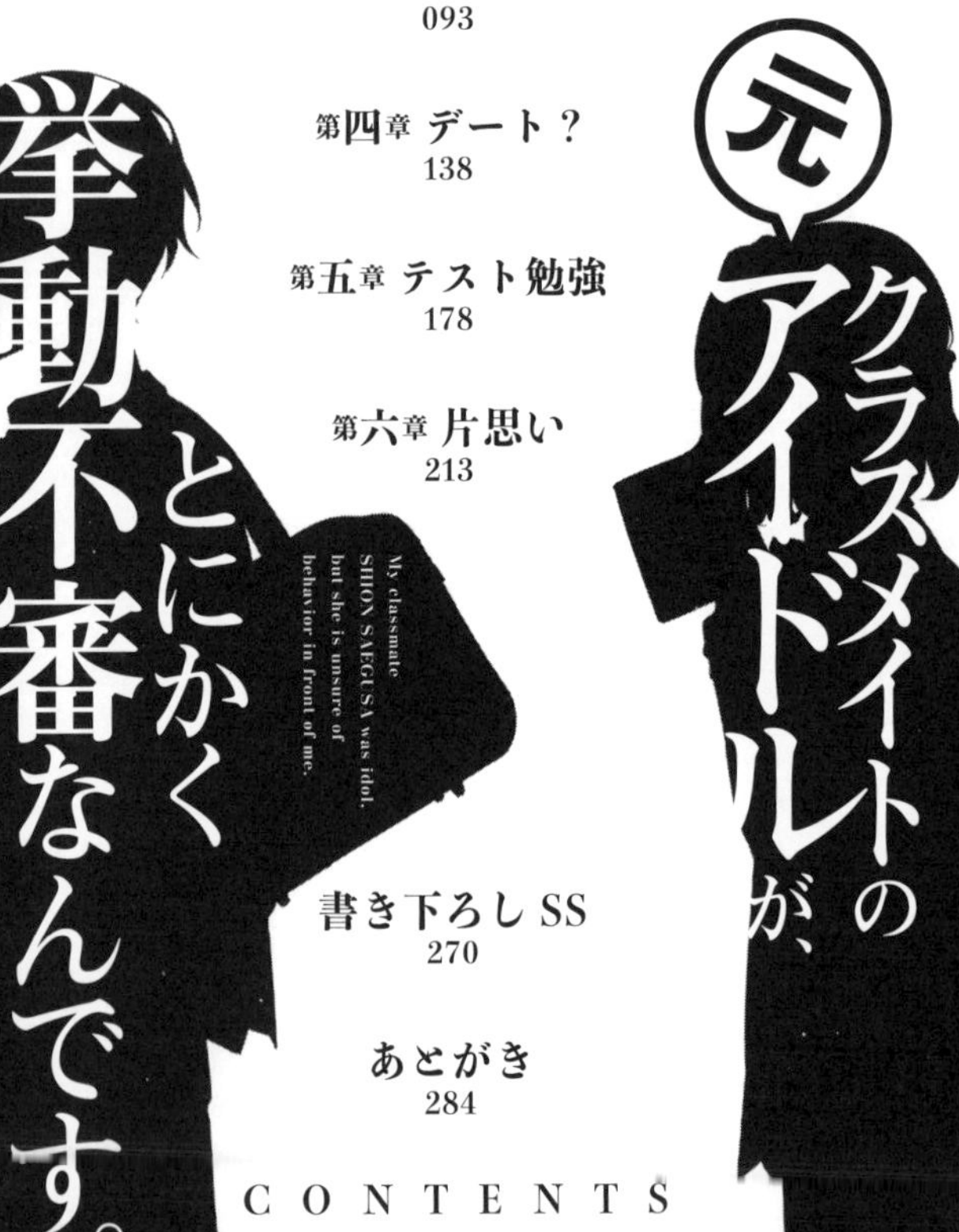
元
クラスメイトの
アイドルが、
とにかく
挙動不審なんです。
My classmate
SHION SAEGUSA was idol.
but she is unsure of
behavior in front of me.

CONTENTS

第一章　クラスのアイドル

俺の名前は一条卓也。

普通の公立高校に通う、ごく普通の高校一年生だ。

運動が得意なわけでもなければ、何か特技があるわけでもない俺は、高校では帰宅部として、貴重な青春時代を出来るだけ自分のための時間にあてることにしている。

その上で、まずは何をするにも世の中お金がなければ始まらないということで、俺は駅前からちょっと外れた所にあるコンビニでバイトを始めることにした。

駅前のコンビニだと忙しそうだし、何よりうちの高校の利用者も多いだろうから、出来るだけコッソリとバイトするためにもわざと少し外れた所にあるコンビニを選んだ。

そうして俺は、週に三日か四日、授業が終わればすぐにそこのコンビニへ行き、そして夜までレジ打ちのバイトをする生活を送っている。

まぁそんな、だからと言って特別何があるわけでもない、俺はそこら辺にいる普通の高校生として、青春をそれなりに謳歌しているのであった。

だが、俺は普通でも、うちの高校には一つだけ普通じゃない点がある。

それは、同じクラスの三枝紫音（さえぐさしおん）の存在に他ならない。

容姿端麗、頭脳明晰、オマケに良いとこのお嬢様らしく、一年生ながら学校で一番の人気者である彼女の名は、実は学校を飛び越え日本中で知られている程有名だったりする。

何故（なぜ）なら、彼女は国民的アイドルグループに所属していた、元超売れっ子アイドルでもあるからだ。

高校への進学を理由に突然アイドル活動を引退したことは、ニュースでやっていたぐらいだから流石（さすが）に俺でも知っていたのだが、まさかそんな彼女と同じ学校で、しかも同じクラスになるなんて思いもしなかった。

栗色のミディアムボブヘアーに、クリクリとした大きな瞳、透明感のある白い肌。背はそんなに高くないけれどスラッとした長い足が際立っており、正直、誰が見ても美人と評するのが三枝紫音という存在だった。

そんなわけで、超が付く程の有名人な彼女は、当然入学初日から多くの人に囲まれており、噂によるとまだ入学して二週間ちょっとにもかかわらず、既に何人もの人に告白までされているらしい。

しかし、そんな彼女の浮いた話は何一つ聞こえてくることはなく、引退しても尚アイドルのように、いつも周りに分け隔てなくニコニコと笑顔を振り撒いているのであった。

けれども平凡な俺は、そんな彼女を中心に構成されたクラスの輪には入らなかった。

というか、入りたくもなかった。

否定はしないが、俺は俺のペースで周りとか気にせず生きてく方が楽だから、長いものに巻かれる彼らと俺とでは価値観が合わないというだけの話だ。

アイドルなんて、雑誌やテレビを通して見ているだけで十分だし、俺達平凡な高校生にどうこう出来る相手じゃないだろって思ってしまう。

そんな高嶺の花に期待するなど、時間と体力の無駄でしかない。

そんなわけで、俺は今日も学校が終わるとすぐに教室を飛び出し、いつも通りコンビニでバイトをしているのだった。


店内に、扉の開くメロディーが流れる。

そのメロディーに合わせて、いつも通り「いらっしゃいませ～」と声を発しながら入ってくるお客様を確認する。

そこには、マスクをして縁の大きめな眼鏡をかけ、更にはキャスケットを深めに被った露骨に怪しい女性が立っていた。

そしてその女性は、顔を隠すように少し下を向きながら、物凄い早歩きで店内へと入ってくる。

店内には今そのお客様一人だけのため、俺はその露骨に怪しい女性の動きをしっかりと目で追った。

彼女は買い物カゴにサラダと弁当をさっと入れると、そのまますぐに俺の待つレジへと早歩きでやってきた。

入店からここまで、多分三十秒も経(た)っていない。

今ちゃんと食べたい弁当選びました？　と問いたいぐらいの早業(はやわざ)だった。

そんな挙動不審でかなり怪しい彼女だが、相手は女性だしそのぐらいで動じる俺ではない。問い詰めたい気持ちをぐっと堪(こら)えながら至って普通に接客をする。

「お弁当、あたためま——」

「だ、大丈夫です！」

俺が言い終えるより先に、食い気味に答えられる。

何か急いでるのかな？　と思いつつ、俺は少し急いで集計を終わらせてあげる。

「以上、七百三十八円になります」

「こ、これで！」

彼女は財布からシュバっと千円札を取り出して渡してくる。

小銭を取り出す素振りも見せないため、そのままその千円で精算してお釣りを手渡した。
するとと彼女は、お釣りを渡す俺の手を両手で包みながら大切そうに小銭を受け取ると、慌ててお弁当を入れた袋を手に持ちそのまま店を出ていく――かと思いきや、扉の前で一度立ち止まると、ちょっと間を空けてからくるっとターンし、また店内へと入ってきた。

そして今度は、ドリンクコーナーでお茶を手にすると、すぐさま再びレジへとやってきた。

少し興奮しているのか、その迫力に若干驚いたが、まぁただの買い忘れだろうと思い俺は至って平静を装いながら再び接客する。

「百二十八円になります。袋はお付けしますか？」

「必要ないです！」

そう言うと彼女は、財布からまたシュバっと千円札を取り出すと、そのままその千円札を差し出してくる。

……いや、あの、さっきのお釣りで確実に今小銭あるでしょと思いながらも、お客様にそんなことは言えない俺は仕方なくその千円札で精算をする。

そしてお釣りを手渡す俺の手を、彼女はまた両手で包み込む。そして、大切そうにお釣りを受け取ると、小銭でパンパンになった財布と共に今度は本当に足早に去っていった。

「本当、いつも何したいんだろ――三枝さん」

俺は去っていく彼女の背中を眺めながら、そう呟いた。

本人は変装したつもりなのだろうが、レジを挟んで向かい合えば流石に彼女が同じクラスメイトの三枝紫音だってことぐらい分かるんだよなぁ。

まぁそんなわけで、

クラスメイトの元アイドルが、とにかく挙動不審なんです。

第二章　席替え

「おはよう」

「おはよう」

今日は金曜日。

クラスのみんなが口々に挨拶し合う中、俺は朝から机に突っ伏して寝ていた。

日頃の学業とバイトの両立で、週末になると流石に疲れが溜まってきてしまうのだ。

今日も夜はバイトのシフトが入っているため、俺は今日一日極力省エネモードで過ごすことを心に誓っていた。

「よっ！　おはよう卓也！　なんだよ朝から死んでるなー！」

「……うるせーよ。俺は今日もバイトだから、エネルギーを節約してるんだ」

「まだ高校に上がってすぐなのにそれじゃ、先が思いやられるな」

机に突っ伏す俺に声をかけてきたのは、昔からの腐れ縁である山本孝之だった。

孝之と言えば、背が高いうえ体格も良く、所属するバスケ部では期待の新人として歓迎されている程の体育会系イケメンだ。

昔から女の子にも人気のある孝之は、正直こんな俺とは真逆にも思える存在なのだが、それでも小学生の頃からなんだかんだ一緒にいてくれる普通に良い奴だ。

俺が女なら惚（ほ）れてるね！　ってぐらい、孝之は俺の中ではナイスガイ山本くんなのだ。

「……お前また下らないこと考えてんだろ。まぁ、貴重な青春無駄に終わらせるんじゃねーぞ。もっとシャキっとしろシャキっと！」

そう言うと孝之は、笑いながら俺の背中をバシバシと叩（たた）いて、他のクラスメイトと挨拶を交わしながら自分の席へと向かって行った。

やれやれと改めて寝ることにしたのだが、突然、教室内の空気が一瞬にして変わったのが突っ伏している俺にも伝わってくる。

理由は別に見なくても分かる。きっと三枝さんが登校してきたからだ。

だから俺は、気にせず引き続き夜のバイトに備えてパワーを温存する。

しかし聞こえてくるのは、バイト先によく現れる挙動不審な三枝さんのものではなく、今日も今日とて完璧なアイドルムーブでクラスのみんなと挨拶を交わす声だった。

そんな三枝さんが、なんでコンビニに現れる時はあんな謎行動ばかりしているのかについては、正直めちゃくちゃ気になっている。

三枝さんは、俺がバイトを始めてからほぼ毎日現れては、昨日みたいに挙動不審な謎行動を繰り広げているのだ。

何故そんなことになってしまっているのか気になって仕方がないのだが、それでも三枝さんはあれで変装しているつもりみたいだから、俺は仕方なく気付いていないフリを続けてあげているのであった。

数々の謎行動をしておいて、実は気付いてましたよなんて言われたら、俺なら穴があったら入りたくなる程恥ずかしいからね。

まぁそんな、クラスのみんなに三枝さんの謎行動の話を伝えたところで、きっと誰一人として信じないんだろうなと思うと、何だか可笑しくてちょっと笑えてくるのであった。

◇

「よーし、お前らそろそろクラスにも慣れてきただろうし、席替えでもするかー」

朝のホームルーム、担任の鈴木先生からいきなりの席替えを提案された。

その言葉に、クラスのみんなは一喜一憂していた。

反応は様々だが、とても分かりやすかった。

何故なら、三枝さんと近くの席の人は絶望し、離れた席の人は喜んでいるからだ。

ちなみに俺は、一条の『い』だから、今は名簿番号順で窓際の前の方の席に座っている。

この席は、日射しを浴びられるし黒板も見やすいから割と気に入っていただけに、席替えしなければならないのはちょっと残念なのだが仕方ない。

　まぁどこでもいいやという気持ちで、名簿番号順に俺は席替えのクジを引くことになった。

「はい、一条は七番なー。はい次、植木ー」

　クジに書かれた番号の席が指定される。

　一クラス四十名のため、七名の列が四列に六名の列が二列で、窓際手前から順に番号が割り振られている。

　つまりは、俺の新しい席は窓際の列の一番後ろだった。

　まぁ黒板からは離れてしまったけれど、代わりに教室の角の席をゲット出来たのは正直ラッキーだった。

　だが、そんな俺の席が決定した瞬間、斜め後ろに座る三枝さんから「ロク……ヨン……ジュウ……ヨン……」と何かブツブツとお経のように呟く声が聞こえてくるのであった。

　ちょっと三枝さん？　ここコンビニじゃないけど挙動不審モード発動してますよ？　と俺は心の中で忠告するが、言葉にしなければ届くはずもない。

「はい次、三枝ー」

「はい！」

　ついに先生に名前を呼ばれた三枝さんは、めちゃくちゃ気合いの入った様子でガタッと席を立ち上がると、ズンズンと強い足取りで教壇へと歩み寄り、意を決したようにガバッとクジを引いた。

そして、まるで受験生が合格発表を確認する時のように、プルプルと震えながらお祈りしつつ引いたクジの用紙をゆっくりと開く。

その様子に、クラスのみんなまでも緊張の面持ちで注目する。

このクラスだけではない、この学校、いやこの国で一番のアイドルの新しい席が決まろうとするこの瞬間、教室内にはなんとも言えない緊張感が走っているのであった。


「ウソ……本当……？」


クジの結果を見た三枝さんは、口に手を当てながら震えていた。

何だ？　どうなったんだ!?

とクラスのみんなの視線が集まる中、先生が三枝さんからクジを受け取ると、その結果を黒板に書き出す。

「三枝は十四番なー。はい次、清水(しみず)ー」

プルプルと震えながら、三枝さんは自分の席へと戻る。

クラスのみんなは、何故三枝さんがそんなリアクションをしているのかよく分からないといった様子だが、そんなことより三枝さんの席が決まった今、三枝さんと近くの席になれるようにと教室内の熱気は一層燃え上がっているのであった。

たかが席ごときで大袈裟な……と思いながら、俺は黒板に書かれていく新しい席順をなんとなく眺める。

あーそうか、そうなるのか――。

俺はその時、ようやく自分の隣の席が三枝さんになったことに気が付いたのであった。

◇

クジ引きを終えると、早速新しい席へと自分の机を運ぶ。

俺の新しい席は窓際の列の一番後ろだ。

いざ一番後ろまで来てみると、中々良い感じだ。

三枝さんを中心とするクラスの輪に属すつもりのない俺としては、教室の端っこというのは一人の空間を作れる意味でも持ってこいだった。

そして、実はもう一つ奇跡的なことが起きているのだ。

なんと、俺の前は昔からの腐れ縁である孝之の席になったのである。

孝之は名簿番号順で言うと山本の『や』だから、クジ引きの順番は最後だったのだが、俺の前の六番が最後まで残ったままだったのは最早運命だと思ったね。

「残り物には福があるって本当だな！　宜しくな卓也！」

孝之が嬉しそうに前の席へとやってきた。

俺も普通に嬉しかったから、「おう！　こちらこそ宜しく！」と返事をした。


ズズズ——と隣から机を運ぶ音が聞こえる。

話をしていた俺と孝之は、その音に反応してなんとなく隣を向くと、そこには今日から隣の席となる三枝さんの姿があった。

テレビで何度も見てきた本物のアイドルが、うちの高校の制服を着て真横にいるこの状況は、入学して暫く経つけれど未だに現実味が湧かないというか、不思議な感覚だった。

「お、三枝さん宜しく！　俺は山本で、こっちが一条な！」

「知ってますっ!!」

昔から誰とでも仲良くなれる孝之は、たとえ三枝さん相手でもいつも通り挨拶をする。

その辺、やっぱり孝之はコミュ力も凄いよなって思う。

しかし三枝さんは、少し顔を赤くしながら食い気味に「知ってます」とだけ返事をしてきた。

いやいや、人の挨拶に対して知ってますってなんだ？

それから真っすぐ前を向いて、さっきのやり取りが恥ずかしかったのか、一切こっちを向こうとしない三枝さん。

まぁ知ってくれているのは有り難い話だけど、なんでそんなリアクションなのか意味不明だった。

「あ、そうそう。この間スマホ壊して替えたんだけどさ、Ｌｉｍｅのパスワード忘れちまってアカウント新しくしたから教えとくわ！」

「そりゃ災難だったな」

そう言うと、孝之はスマホに自分のＬｉｍｅのＱＲコードを表示して見せてきたから、俺は同じくスマホでそのＱＲコードを読み取り、Ｌｉｍｅを交換した。

しかし、そんな俺達のやり取りを、隣の三枝さんがジロジロ見ていたような気がしたのは気のせいだろうか。

「はいじゃあ、隣の席と解答用紙交換して採点して下さいね」

一限目は国語だった。

授業の最後に回ってきた小テストを解くと、先生は隣の席の人と解答用紙を交換して採点し合うように指示してきた。

だから俺は、必然的に三枝さんと解答用紙を交換することになる。

三枝さんは、コンビニで千円札を取り出す時と同じような仕草で、解答用紙をシュバっと俺に差し出してきた。

俺はそんな三枝さんに苦笑いしつつも、その解答用紙を受け取ると、替わりに自分の解答用紙を手渡す。

そして受け取った解答用紙に目をやると、三枝さんの字はとても綺麗（きれい）だった。

やっぱり完璧美少女というのは、字まで完璧なのかと思わず感心してしまう。

それから俺は赤ペンで、先生の言う解答に沿って採点をしていく。

あ、やべ、ここの問題間違えてたなと、採点をしながら自分のミスに気が付いた。

ちょっとこのミスは恥ずかしいなと思いながら、隣で採点をする三枝さんの様子をちらりと横目で窺（うかが）うと、三枝さんは何故かニコニコと嬉しそうに採点をしていた。

こんな採点の何がそんなに楽しいんだろうかと不思議に思いながらも、俺は気を取り直して採点を続けた。

そして結論から言うと、三枝さんは満点でした。

対して俺はというと、全十問中三問間違えての七十点だった。

俺は、バイトをしているからこそ学業を疎（おろそ）かにはしたくなかったから、普通にこの結果は悔しかった。

もっと頑張らないと駄目だなと、俺は反省しつつ気持ちを引き締め直した。

とりあえず、間違えた問題はしっかりと復習することが大切だ。

そう思い三枝さんから返却された解答用紙を確認し、控えめな×(バツ)マークが付けられた問題を見直すことにしたのだが、何やら俺の解答の隣に赤ペンで小さく何か書かれていることに気が付いた。

『shion-s.1012』

……ん？　なんだこれ？

shion ってことは、三枝さんの名前かな？　え、それでもなにこれ暗号？

というか、普通、人の解答用紙に落書きします!?

俺はまたしても、そんな三枝さんからの謎行動に悩まされてしまう。

意味が分からず隣に目を向けると、三枝さんは何故か耳まで赤くしながら固まったように前だけを見ていた。

勘弁してくれよ……と俺は復習もそこそこに、とりあえずさっさとその解答用紙をファイルにしまうことにした。

すると、そんな俺を横目で見ていた三枝さんは、驚いているような悲しんでいるような微妙な表情を浮かべており、今日も今日とて彼女の挙動不審は健在なのであった。

そして昼休み。

俺は前の席の孝之と二人で弁当を食べることにした。

隣では、昼を共にするため三枝さんのもとへとやってきた複数の男女でごった返していた。

そのせいもあって、俺の頭の真横にあるのがたとえ女子のお尻であったとしても、今弁当を食べている俺としては正直邪魔でしかなかった。

「……次からは外出て飯食うか？」

「……そうだな、ちょっとこれだとね」

そんな俺の様子に気が付いた孝之が、今度から別の場所で食べようと提案してくれた。

こうやって、周りの様子にもしっかりと目が届いている孝之は、やっぱり中身もイケメンだよなぁと俺は感心してしまう。

俺が女なら、惚れちゃうね！

「ご、ごめんねみんな！　私お弁当食べたいから、お話は食べてからにしてもらってもいいかな？」

すると、口々に向けられる話を遮る(さえぎ)ように、ちょっと大きめな声でそうお願いする三枝さん。

そんな三枝さんの言葉に、周りの人達は口々に気が付かなくてゴメンと謝罪をしながら、そそくさと三枝さんの席から去って行った。

「せっかくこの席になったのに、移動されたら困るんだから……」

人を移動させておいて、わけの分からないことを呟く三枝さんは、やっと弁当を食べられると思ったのか、安堵の表情を浮かべながら自分のお弁当を開いていた。

「ま、まぁこれなら移動する必要もないか」

「うん、まぁそうだね」

俺も孝之も、たった一言で綺麗に人がいなくなったことで、少し呆気にとられていた。

これが所謂、カリスマ性ってやつなのかもしれないな。

◇

「あ、そうそう卓也、昨日の『Sラボ』見た？」

「ん？　あーごめん、その時間バイトしてたから見てないわ」

孝之の言う『Sラボ』とは、今若者に大人気の音楽番組のことだ。

有名歌手から今話題の若手歌手まで、芸人さんとトークをしつつ新曲を披露するこの番組は、常に若者のトレンドの中心となっているのだ。

当然、今隣で美味しそうにパクパクと弁当を食べている三枝さんも、この番組には出演していた。

そもそも当時中学生の俺は、この『Sラボ』を見て三枝さんの存在を覚えたのだ。

なんかテレビに可愛い子が出てるなぁ……へぇ、エンジェルガールズの三枝ちゃんって言うのか、可愛いな可愛いな可愛いなぁ……と、あの時受けた衝撃を俺は未だに覚えている。

だから、あの日テレビで見たあの超絶美少女が、何故か今、隣で一人美味しそうにパクパクと弁当を食べているこの状況は、やっぱり意味がよく分からなかった。

「マジかよ、昨日DDG出てたんだぞ?」

「ん?　DDGってなに?」

「え?　知らないのか?　今話題の新人ガールズバンドだよ。みんな可愛いんだけど、中でもボーカルのYUIちゃんがもの凄い美人なんだよ」

へぇー、とだけ返事をする俺に、孝之はスマホで写真を見せてきた。

そこには、黒髪ロングの大人っぽい綺麗な女性を中心にした五人組のガールズバンドの姿が写されており、つまりはこれがそのDDGというバンドなのだろう。

「あ、本当だ美人だね」

ガタッ！

俺が素直に感想を述べると、まるでそれに合わせるように隣から崩れるような音が聞こえてくる。

その音に反応して隣を向くと、どうやら三枝さんの肘（ひじ）が机から滑り落ちる音だったようだ。

大丈夫か？　と思いつつも、俺達は気を取り直して会話を続けた。

「だろ？　で、この子実は俺達と同い年なんだよ！　全然見えないだろ？」

「マジか！　確かに女子大生って言われても違和感ない大人っぽさだな」

「そこがいいんだよ、曲もめちゃくちゃいいから聞いてみろよ」

そう言うと今度は、孝之は動画サイトからＤＤＧのＰＶを流して、イヤホンの片方を差し出してきた。

俺は言われるままそのイヤホンを片耳に差し込み、ＤＤＧの曲を初めて聞いてみる。

すると、デビューしたてのガールズバンドとは思えない程曲は格好よく、そして画面に流れるＰＶの雰囲気も相まって、なんていうか麗（うるわ）しさすら感じられた。

「いいな、これ」

「だろ？」

「うん、孝之がＹＵＩちゃんオススメした理由分かったわ。きっと生で見たら惚れちゃいそうだな」

ドタッ!!

俺が素直に感想を述べると、それに合わせてさっきよりも大きい音が隣から聞こえてくる。

俺と孝之はイヤホンを外して、その音の発生源である隣の三枝さんの方を再び向くと、そこには何故か椅子から落ちそうになっている三枝さんの姿があった。

――え？　本当なに？

俺と孝之は、お互いの顔を見合わせながら何事だと確認し合うが、やっぱりお互いわけが分からなかった。

そんなこんなで、三枝さんの挙動不審はやっぱり今日も健在なのであった。

◇

放課後。

今日もバイトへ向かうべく帰り支度を手早く済ませていると、突然、教室内から大きな声が聞こえてきた。

「ねぇみんな！　このあとクラスのみんなでカラオケでも行かないか？」

突然そんな提案をしてきたのは、同じクラスの色男、新島健吾くんだった。

「いいね！　行こう行こう！　あ、三枝さんも行けるかな？」

そして、まるで示し合わせたかのようにすぐにその誘いに賛同する数人の女子達が、三枝さんを誘い出す。

——あーこれは、完全にグルだな。

どうしてもこのあと、同じクラスのスーパーアイドル三枝ちゃんを遊びに誘いたいという魂胆が丸見えだった。

「え、どうしようかな……」

「無理にとは言わないけど、良かったら一緒にさ！」

「正直うちら、生でエンジェルガールズの曲聞きたいなーってハハ」

悩む三枝さんに向かって、ついつい本音まで漏れてしまっている女子達。

まぁ確かに、ついこの間まで第一線で活躍していたスーパーアイドルが同じクラスにいるのだ、一度でいいから生歌を聞いてみたいと考える方が自然だと俺も思う。

するど、三枝さんは何故かこちらを横目で見ながら、「まぁ歌っても別にいいけど……」と、少し顔を赤くしながら様子を窺っているようだった。

「お、卓也はカラオケ行けるのか？　……って、今日もバイトだっけ？」

「あーうん、俺はどのみちカラオケはパスだし、俺のことは気にせずみんなで楽しんできてくれ」

「本当、お前高校生になってからバイトばっかりだよなぁー。まぁ分かったよ、頑張れよ」

ごめんな孝之。

残念ながら、俺はどのみちそういうイベントに参加するつもりはないんだ。

みんなで集まってカラオケするとか正直しんどいだけだから、そういうのが好きな人達だけで楽しんでくれたらそれでいい。

——まぁ俺もちょっと、三枝さんの生歌には興味あるけどね。

そんな孝之とのやり取りを終えた俺は、ふと隣から視線を感じて振り向く。

すると何故かそこには、思いっきり頬をフグみたいにぷっくりと膨らませた三枝さんの姿があった。

――ん？　いやいやいや、何!?

――自分、なんかしちゃいました!?

何故三枝さんからそんな視線を向けられているのか、わけが分からず戸惑う俺。

「ごめんなさい、今日は夜予定があるの忘れていたから、また今度誘ってね！」

そして三枝さんは、ぷっくりと膨れたまま断りの返事をする。

その結果、さっきまでの盛り上がりが嘘のように、三枝さんが来られないと分かった途端、教室内の空気が一気に沈んでしまうのであった。

まぁ俺には関係ないし、あまりのんびりしているとバイトに遅れそうだから、俺はそそくさとそんな教室をあとにした。

バイト先へ向かって歩きながら、俺はさっきの教室での光景を思い出す。

クラスのみんなには悪いけど、俺はカラオケ云々より一つ、とても気になったことがあったのだ。

――あの時の三枝さん、膨れながら普通に喋（しゃべ）ってたけど、あれ無理じゃね!?

俺は周りに誰もいないことを確認すると、試しにちょっと真似してみようとするが、やっぱり無理だった。

だから俺は、あの時膨れながら器用に話す三枝さんの姿を思い出して、思わず吹き出してしまう。

マジでどうやって喋ってたんだよ三枝さん。今度コツを教えて貰おうかな——。

◇

夜八時を過ぎた頃、コンビニの扉が開くメロディーが流れる。

俺はその音に反応すると、いつも通り「いらっしゃいませ～」と一言挨拶をする。

入ってきたのは、今日も安定の三枝さんだった。

例に漏れず、今日もマスクと眼鏡とキャスケットで変装していた。

——出たな、三枝さん。

一体今日は何してくれるのだろうかと、もはやちょっと楽しみになっている俺は、他にお客様もいないことだし、三枝さんの動きを目で追うことにした。

まずは、雑誌コーナーへ行き情報誌をペラペラと捲り出す三枝さん。

お、今日は雑誌デッキか！　とその様子を窺っていると、早速、三枝さんクオリティを発揮していることに気が付く。

――三枝さん、雑誌の向き逆ですよ。

そう、あろうことか三枝さんは、雑誌を逆さまに開いてペラペラとページを捲っているのだ。

今時コントでもしないようなそんなボケに、今日も三枝さんは絶好調だなと安心する。

よく見ると、三枝さんは雑誌を読むフリをして、眼鏡越しにこっちを横目で見てきているのが分かった。

なるほど、だから雑誌が逆さまなのにも気付かなかったのかと、俺は謎の推理を楽しんでいた。

開いている雑誌には丁度、アイドル時代の三枝さんの写真がでかでかと載っているのだが、そんな自分の写真にも全く気が付く様子はなかった。

雑誌に載っているアイドル本人が、その雑誌を立ち読みしているその姿はちょっと面白かった。

しかし、何故三枝さんがそうまでしてこっちの様子を窺っているのかは謎だった。

放課後の件、まだ何か不満なのかな？　とか色々可能性を考えたが、やっぱりよく分からない。

そして、そんな俺の視線に向こうも気が付いたのか、慌てて棚に雑誌を戻した三枝さんは、買い物カゴを手にする。

そしてそのまま、三枝さんはお茶とカフェオレと飲むヨーグルトをカゴに入れてレジへと持ってきた。

今日は全部飲み物かと思いながら、俺は三枝さんだと全く気が付いてないフリをしながら金額を集計する。

「――以上で、四百二十六円になります」

飲み物を袋に入れながらそう伝えると、三枝さんは今日も財布から千円札をシュバっと取り出して差し出してきた。

当然、今日も小銭を出すつもりはないようなので、俺はその千円札を受け取って精算を済ませる。

そしてお釣りを差し出すと、今日もお釣りを渡す俺の手を両手でそっと包み込みながら、大切そうに小銭を受け取る三枝さん。

……毎回やるけど、このくだりは本当になんなんだろうか。

もしかして、三枝さんって小銭が好きなのかな？　とかアホみたいなことを考えていると、そんな三枝さんが珍しく口を開いた。

「あ、あの！　カラオケ嫌いなんですか⁉」

「え？」

カラオケ嫌いなんですかって？　いきなりなんだ？

今日の放課後の件を受けての発言なんだろうけど……とりあえず三枝さん、今自分が変装していることを忘れてますよ？

まぁ色々言いたいが一旦置いておくとして、とりあえず今はバイト中だし、あくまで客と店員の日常会話としてさくっと返事をすることにした。

「カラオケですか？　好きですよ。自分で歌うのもいいですが、カラオケで上手な人の歌を聞くのも好きですね」

俺は営業スマイルでニッコリと微笑(ほほえ)みながら返事をする。

別にカラオケ自体は嫌いじゃないし、ついでに歌が上手(うま)い人が好きだとも付け加えておくことで、歌の上手な三枝さんの歌声も聞いてみたいことを遠回しにアピールする。

別にこれは、俺の本心でもあるから嘘はついていない。

実は最近、エンジェルガールズの曲を移動中にイヤホンで聴いている程度には、俺は三枝さんの歌声が好きなのだ。

すると三枝さんは、そんな俺の顔を見ながら顔を赤くすると、「ありがとうございました！」と頭を下げ、そのまま足早に店から出ていってしまった。

相変わらずよく分からないけれど、去り際の顔はなんだか嬉しそうにしていたからまぁいいかなと思いながら、俺は今日も残りのバイトをこなしたのであった。

◇

月曜日。

いつもより少し早起きに成功した俺は、時間に余裕をもってのんびりと登校する。

教室へ入ると、まだ人は疎らだったのだが、隣の席の三枝さんは既に席についており、そして何やら朝から熱心に読書をしていた。

三枝さんと言えば、朝が弱いのかいつもギリギリに登校してくる印象があっただけに、この時間、既に教室にいるのは正直ちょっと意外だった。

「おはよう三枝さん」

元アイドルといえど、今はクラスメイト。

黙って横切るのも悪いから、俺は他の人にするのと同じように朝の挨拶をする。もっとも、三枝さんとはバイト先のコンビニでもう何度も向き合っているため、俺の中では既に親近感みたいなものまで湧いていたりするから、普通に挨拶が出来た。

「え？　あ！　一条くんおは——ひゃあっ！」

しかし、突然の俺の挨拶に驚いたのか、三枝さんは慌てて返事をしようとして読んでいた本を床に落としてしまった。

読書の邪魔をして悪いことしたかなと思い、俺はすぐさまその落とした本を拾ってあげようとしたのだが、それよりも先に三枝さんは物凄いスピードで本を拾うと、すぐに鞄の中へとしまってしまったのであった。

な、なんだろう？　そんなに俺に見られたくなかったのかな？

ばつが悪そうに、ハハハと笑って誤魔化す三枝さん。

まぁ何を読もうが個人の自由だし、そういう趣味とか秘め事で他人に知られたくないことの一つや二つ誰にでもあると思うから、俺はこれ以上気にしないでおくことにした。

だから、さっき隣を横切る時、『これであなたもモテモテ！　気になる相手もイチコロよ☆』というでかでかとしたキャッチフレーズがちらりと見えたことは黙っておこう——。

でも、なんで元国民的美少女アイドルである三枝さんが、そんな本を読んでいるのかは正直気になるところだ。

きっと三枝さんは三枝さんなりに、人生何か思うところがあるのだろう。

もし仮に、こんな超絶美少女の三枝さんでも恋愛が上手くいっていないのだとしたら、そのお相手はよっぽどの有名人とか超人なんだろうなぁ——って、いやいやそんなのどんな男だよと、まるで俺とは住む世界が違う話すぎてちょっと笑えてきた。

ぼんやりとそんなことを考えながら座っていると、当の本人である三枝さんは、そーっと横目でこっちの様子を窺ってきているかと思えば、何やら恥ずかしそうに手にもった教科書で顔を覆（おお）い、そしてまたそーっと横目でこっちの様子を窺ってくるという謎行動を繰り返していた。

こうして今日も、三枝さんは朝からひっそりと挙動不審に励んでいるのであった。

◇

「おっす！　おはよう卓也！」

「おう！　おはよう孝之！」

朝の部活を終えた孝之が教室へやってきた。

朝からバスケの練習とか、本当よく頑張るよなぁって思う。

汗をかいてちょっと髪が濡れたままの孝之は、男の俺から見てもとてもセクスィーだった。

俺が女なら、惚れちゃうね！

「そうそう！　朗報がある！」

「ん？　なんだ？」

そう言うと、孝之は自分の鞄をゴソゴソと漁ると、何やら二枚のチケットを取り出して自慢げに見せてきた。

「卓也、今週末は空いてるよな？」

「うん、空いてるけど？」

「聞いて驚け、今度の土曜日にあるＤＤＧのライブチケットだ！　一緒に行こうぜ！」

「マジか！　え、いいのか？」

「あぁ、勿論！　親父が仕事の関係で偶然貰ってきたのをくれたんだ！」

「へぇ、良かったな！　てことは、生ＹＵＩちゃんに会えるってことか！」


ガタンッ!!

ちょっと興奮しながら喜んだのと同時に、突然隣の席から大きな音が聞こえてきた。

俺と孝之はその音にビックリして目をやると、どうやら三枝さんが勢いよく立ち上がった際に生じた音だったようだ。

隣で急に立ち上がったまま動かない三枝さんは、何故かまるでこの世の終わりのような絶望の表情を浮かべていた。

「さ、三枝さん？　どうした？」

そんな三枝さんに、孝之が恐る恐る声をかける。

しかし、ハッとした三枝さんは弱々しく「ごめんなさい」と一言謝ると、真っ青な顔をしながら教室から出ていってしまった。

「な、なんだったんだ？」

「さ、さぁ？」

俺と孝之は、わけが分からず去っていく三枝さんの背中をただ眺めることしか出来なかった。

朝のホームルームが始まる少し前に、三枝さんは教室に戻ってきた。

口々に挨拶をしてくるクラスメイト達に対して、いつもの完璧なアイドルムーブで普通に対応しており、どうやら何事もなさそうで安心した。

「ゆいちゃんには絶対負けられないんだから……」

そしてホームルームが始まると、隣でそう小さく呟く三枝さんの声が聞こえてきた。

その声に隣を向くと、三枝さんは何か大きな決心をしたような、緊張と覚悟を滲ませた表情を満面に浮かべていた。

そして、この時からだと思う。

ただでさえ挙動不審な三枝さんの、様子が更におかしくなったのは――。

◇

金曜日の放課後。

俺は孝之と共に、駅前にあるアイドルグッズの専門店へとやってきた。

目的は勿論、土曜日のＤＤＧのライブに持っていくグッズを買うためだ。

月曜日の昼休みに、孝之の希望で放課後にグッズを買いに行くことは決まっていたのだが、予定を確かめ合うとお互い空いているのは金曜日しかなく、結局ライブ前日に滑り込みセーフとなった。

店内に入ると、そこにはアイドルやバンド、俳優なんかのファングッズが所狭しと並べられていた。

土曜日のライブに合わせてだろうか、入り口から少し進んだ所にＤＤＧの特設コーナーが用意されていたため、飛び付いた孝之は早速色んなグッズを一生懸命選んでいた。

俺はまぁ、ついてきたものの正直グッズとかそういう物にはあまり興味がなかったから、とりあえず店内を見て回ることにした。

店内には、団扇（うちわ）やブロマイドなど、本当に様々なグッズが並べられていた。

数々のアイドルやバンドのグッズが並ぶ中、その中でも一際目立っていたのがレジ横に用意されたエンジェルガールズの特設コーナーだった。

三枝さんは卒業したが、エンジェルガールズ自体は今も尚国民的アイドルグループとして人気絶頂であるため、店内でも一番広いスペースをとって数々のグッズが並べられていた。

それらをなんとなく眺めていると、隣に何やら大きなショーケースが置かれていることに気が付いた。

気になった俺は、何となくショーケースの中も覗いてみたが、そこには三枝さんのサイン付き生写真や団扇、Ｔシャツなどが一つ一つ丁寧に並べられていた。

あ、三枝さんだ！　と思ったのも束の間、俺はその値段を見て驚いた。

ショーケース内には、同じくエンジェルガールズのメンバーのサイン付きグッズも色々と並べられているのだが、三枝さんのだけ、どれも三倍以上の値段がついているのだ。

「いらっしゃい。君、もしかしてしおりんのファンかな？」

「え？　いや、まぁ……ハハ」

三枝さんグッズの値段に驚いていると、それに気付いた店員さんが声をかけてきた。

ちなみに『しおりん』というのは、三枝さんのアイドル時代の愛称だ。

名前が『紫音』だから『しおりん』。

「あのー、なんでしおりんのグッズだけこんなに高いんですか？」

「それはね、卒業したしおりんのグッズはもう市場に出回っている分が全てだから、現役メンバーに比べて希少価値が高いからだよ」

「え、でも卒業したアイドルにそんな需要があるんですか？」

そんな俺の素朴な疑問に、店員さんはいい質問だねというようにニヤリと笑った。

「うん、普通は君の言う通り卒業したらグッズの価値も薄れていくものなんだけどね、しおりんだけは特別なんだよ。年齢や人気の低迷を理由に辞めたんじゃなくて、人気絶頂の中突如姿を消してしまったしおりんは、アイドルファンの中では伝説のアイドルとして神格化され始めてるんだよね。だから、しおりんのグッズは安くなるどころか、今後も市場価値が上がる一方だろうね」

　だから、これだけしおりんグッズを集めるのも本当に苦労したんだよと、自慢気に語る店員さん。

「へぇ、そうなんですね。あ、これ懐かしいなぁ」

　そんな会話をしている俺と店員さんの背後から、突如女性が話しかけてきた。

　その姿を一目見て、石のように固まってしまった店員さん。

　そして俺は、その声でそれが誰なのかすぐに分かってしまった。

　振り向くとそこには、同じクラスで隣の席に座り、そして国民的アイドルグループ『エンジェルガールズ』に所属していた『しおりん』こと三枝紫音が、ニコニコと微笑んでいるのであった。

　俺と同じく学校帰りの三枝さんは一切変装をしておらず、誰がどう見てもその姿は一目でしおりん本人だと分かる。

　男性アイドルのグッズを物色していた女性客達までも、「ねぇ！　あれしおりんじゃない？　嘘!?」と遠巻きにヒソヒソ語りながらこちらを見てきていた。

「な、なんで三枝さんはここにいるの？」

「私も今度のＤＤＧのライブ行くから、ペンライト買いに来たんだよ」

突然の三枝さんの登場に驚いた俺は、なんでここにいるのかと問いかけた。

すると三枝さんは、手に持ったペンライトを軽く振りながら、ニコリと微笑み完璧なアイドルムーブで理由を答えてくれた。


――あれ？　今日は挙動不審じゃない？


もしかして俺、変装してない三枝さんとまともに会話するのこれが初めてなのでは？

なんて思ってしまう程、今の、ちゃんと会話出来る三枝さんに内心とても驚いた。

「懐かしいなぁー。あ、この写真写り悪いからやだなー」

三枝さんは、ショーケースの物ではなく普通に売られているエンジェルガールズのグッズを見ながら、アイドル時代を懐かしんでいた。

そして、満足したのか「これでいいかな」とエンジェルガールズのTシャツを一着手に取ると、そのままペンライトと共にレジへと差し出した。

突然の三枝さんの登場に驚いていた店員さんだったが、なんとか正気を取り戻してレジで精算をする。

しかし、レジを叩くその指がプルプルと震え、中々上手くいかない様子だった。

「し、しおりんなら無料でも……」

「駄目ですよ。私も一人のお客ですから、公平に精算して下さいね」

「は、はひぃ！」

三枝さんのアイドルスマイルに、店員さんは「また拝めるなんて」と顔を真っ赤にして喜んでいた。

凄い、これがアイドルモードの三枝さんの本領なのか。

今、隣にいる三枝さんは、クラスメイトの三枝さんではなく、紛れもなくエンジェルガールズのしおりんだった。

「よ、四千五百三十八円ですっ！」

「はい、じゃあ丁度です」

三枝さんは、財布からピッタリ金額を支払うと、「開けていいですか？」とたった今購入したTシャツをビニールカバーから取り出す。それから、鞄から黒の油性ペンを取り出したかと思うと、そのままTシャツにサインを書き出した。

そして、

「は、はい！　これ、一条くんにあげますっ！」

「え、俺に？　なんで!?」

三枝さんは、相変わらずのアイドルムーブだったのだが、恥ずかしいのかその顔は真っ赤に染まっていた。

俺はわけも分からずそのTシャツを受けとると、三枝さんは「それじゃあ！」と一言残してそのまま足早に去って行ってしまった。

残された俺は、改めて渡されたTシャツに目をやる。

そこには、ショーケースにあるTシャツと同じサインが書かれていた。

生しおりんキター！　とはしゃぐ店員さんから、そのTシャツ相応の金額を支払うから譲ってくれないかと懇願されたが、本人から貰ったものだから譲るわけにはいかないと丁重に断っておいた。

そこへ、DDGのグッズを選び終えた孝之がようやくやってきたため、精算を済ませると俺達はそのまま店から出た。

「店員の様子おかしかったけど、なんかあったのか？」

「あぁ、店員さん三枝さんのファンみたいなんだけどさ、さっき孝之がいない間に三枝さんが来てたんだよ」

「ウッソ!?　マジで!?」

そりゃあーなるわけだと納得する孝之。

こうして、買い物を終えた俺達は帰りにラーメンを食べて「また明日」と帰宅したのであった。

◇

部屋で一人、俺は渡されたTシャツと向き合っていた。

白地にエンジェルガールズのロゴがプリントされたとてもシンプルなTシャツ。

だが、正面右下にはしおりんの直筆サインが書かれている。

あの店員さんが非常に高額をつけてきたこのTシャツ。

俺は、そんな特別なTシャツを見ながら今日の出来事を思い出す。


——そもそも、なんでこれを俺にくれたんだ？


まず思い浮かぶのは、そもそも何故三枝さんが俺にこのTシャツをくれたのかだ。

理由が分からなすぎて、正直ラーメンを食べている時からずっと気になっていた。

考えられるのは……店員さんの話だと三枝さんのサインには物凄く価値があるということだから、たまたま居合わせたクラスメイトの俺にその場のノリでプレゼントしてくれたとかだろうか？

うん、まぁ深く考えても答えは出ないだろうから、恐らくそんな理由だとして受け入れることにしよう。

理由はともかくせっかく貰えたわけだし、とりあえず今度会ったら改めてちゃんとお礼をしよう。

だからもう、それはいい。

それよりも俺は、もっととんでもないことに気が付いてしまったのだ。

それは――。

――あの三枝さんが、普通に小銭出してた。

そう、あの時は全く気にしなかったが、俺は三枝さんが財布から小銭を取り出す姿を初めて見たのだ。

頼むから、コンビニでも小銭出してくれないかな……と、俺は改めて三枝さんの謎行動に頭を抱えたのであった。

◇

いよいよ、ＤＤＧのライブ当日。

俺はこれまでのバイトで貯めたお金で買った新しい洋服を着こんで、孝之との待ち合わせ場所に向かった。

それなりなブランドの新作でトータルコーデをしてきた今の俺は、高校生にしてはきっと恥ずかしくないレベルのはずだ。

なにより、こういう時に全力で楽しむために、俺はこれまでバイトを頑張ってきたのだ。

人生メリハリ大事！

そして、少し遅れて待ち合わせ場所へやってきた孝之も、いつもよりお洒落をしてきていた。

「おう！　卓也お待たせ！　気合い入ってんな！」

「それは孝之もだろ」

お互い余所行きのお洒落をしてきたことを笑い合うと、早速ライブ会場へと向かった。

ライブ会場へ着くと、既に多くの人で溢れていた。

ＤＤＧは女性ファンも多いことから、男女比は大体半々といったところだった。

俺達はエントランスでチケットを差し出し、腕にリストバンドを巻かれて無事入場出来た。

人で溢れる会場の雰囲気が、本当にライブへ来てしまったんだなということを実感させる。

孝之は、会場に設置されたグッズ販売ブースへ向かい、色々とライブグッズを物色していた。

この会場の雰囲気に後押しされた俺も、暑くなりそうなのでＤＤＧのロゴがプリントされたタオルを購入して首にかけた。

こうして、早々にグッズ購入を済ませた俺達は、ライブ会場の前の方へと早めに移動する。

この会場は、スタンディングなら最大収容人数千八百人とあるだけあって、中はかなり広かった。

「いよいよだな！」

「そうだな、俺こういうライブ初めてだから、ちょっと緊張してきたよ」

そう、俺はこういう音楽のライブに来るのなんて人生で初めてだから、内心かなりワクワクしているのだ。

ステージの上からは音の調整だろうか、時折楽器の音が鳴り響き、これからライブが始まるんだという雰囲気が俺のワクワクを更に加速させる。

正直、自分は人より冷めている人間だと自覚しながらこれまで生きてきたけれど、本質的には俺もみんなと同じだったことに気付いた。

別に斜に構えて生きていくつもりもないから、それならそれで良かったし、今の俺ならみんなでカラオケ行くのも別に悪くないのかもなって思える程、気持ちが高ぶっているのであった。

◇

突然、会場の明かりが全て消える。

それに合わせて、一気に沸き立つ会場。

俺にも分かる、いよいよライブが始まるのだ！

暫くすると、多方面から一斉にステージに向かって照明が向けられた。

そして、照らし出されたその先には、楽器を持って既にスタンバイしたＤＤＧの五人がいた。

その瞬間、一気にどよめく会場内。

俺も、ついに目の前に現れたＤＤＧに興奮が抑えられなかった。

孝之に紹介されて以降、通学時や家で一人の時に何度も聞いていたあのＤＤＧが今、目の前にいるんだから、それはもう仕方のないことだった。

そして早速、演奏が始まる。

イヤホンや家のスピーカーを通して聞く音とは違い、重低音が身体に響く程の大音量、そして――、

「今日は来てくれてありがとうー！　最高に盛り上がって行くぞぉ!!」

生のＹＵＩちゃんの一言で、一気に会場のボルテージは最高潮にまで達したのであった。

◇

それからは、本当に圧巻だった。

あれで本当に同い年かと思える程、ＤＤＧのステージは素晴らしかった。

「卓也……俺ちょっと泣きそうだわ……」

「おう……分かるわ……マジで凄いな……」

俺達だけではない、今ここにいる全員がＤＤＧの作り出す空気に包まれていた。

当初は、俺も孝之も今日は生でＹＵＩちゃんが見られるんだという軽い気持ちだった。

けれど、今はステージの上で最高のパフォーマンスをするＹＵＩちゃん、そしてＤＤＧのメンバー五人全員の虜になってしまっていた。

「ふぅ、みんな盛り上がってるぅ？　ちょっと休憩させてね！」

ぶっ続けで五曲演奏したところで、休憩を兼ねた彼女達のフリートークが始まった。

「ＹＵＩ、今日はなんでここに来たんだっけ？」

「ん？　そりゃあたし達の新しいアルバムが出るから、今色んな所でライブ巡回してるんでしょ？」

「それはそうだけど、今日はみんなにもう一つあるんじゃなかったっけ？」

ベースのＭＥＧちゃん、続いてドラムのＳＡＲＡちゃんがＹＵＩちゃんに話を振る。

なんだなんだと、会場もそんなＤＤＧのトークに耳を傾ける。

「あーそうだった。そうなんだよ、他のライブじゃない、今日この会場だけのとっておきのサプライズがあるんだった！」

予定調和なのだろう、ニヤリと笑ったＹＵＩちゃんが会場に向けて語りかける。

「みんな！　ここでスペシャルゲストの登場だよ！　準備はいいかぁー!?」

その声に合わせて、他のメンバーが演奏を開始する。

そして俺は、その曲には聞き覚えがあった。

だがこれは、ＤＤＧの曲ではなく——そう、これはエンジェルガールズの代表曲『start』のイントロだ!!

「なんとあたし達のライブに、今日だけ特別にエンジェルガールズのみんなが駆けつけてくれたよー!!」

そんなＹＵＩちゃんの一言に合わせて、なんと国民的アイドルグループ『エンジェルガールズ』のみんなが一斉にステージ上に現れたのであった。

——なにこれ！　どうなってるの!?

突然のナンバーワンアイドルグループの登場に、会場は困惑と興奮に包まれる。

そして盛り上がる会場の中、俺は突然背中をポンと叩かれる——。

驚いて後ろを振り返ると、そこには丸縁の大きなサングラスをかけた三枝さんの姿があった。

「良かった会えたね！」

そう言って、サングラスを外しながらニッコリと微笑む三枝さん。

こうして、何故か俺は、これから始まるエンジェルガールズのライブを、エンジェルガールズに所属していたしおりんこと三枝さんと一緒に見ることになったのであった。

——え？　なんだこの状況!?

「みんな来てたなんて、本当ビックリだよ」

エンジェルガールズのステージを見ながら、楽しそうに呟く三枝さん。

どうやら三枝さんも、今日のライブにエンジェルガールズが来ることは知らなかったようだ。

たった今俺は、国民的アイドルグループ『エンジェルガールズ』のライブを、同じくエンジェルガールズに所属していたしおりんこと三枝紫音と共に眺めている。

この謎すぎる状況に、会場のみんなは勿論、隣にいる孝之までもライブに熱中しすぎてまだ気付いてはいない。

俺は隣の三枝さんに目を向ける。

なんていうか、今日の三枝さんは服装から違っていた。

淡い紫色のオープンショルダーのトップスに、白地に水玉模様のスカート。

肩に掛けた赤色の小さめのバッグがコーディネートのアクセントになっていて、今日の三枝さんはとてもお洒落で可愛らしかった。

そして何より、普段はしないメイクまでナチュラルにしており、淡いピンクのリップを塗っていることで唇がぷっくりと艶やかに膨らみ、なんていうか今日の三枝紫音はとにかく全てが本気だった。

これはもう、コンビニに現れる三枝さんと今の三枝さんが同一人物だと言っても、誰も信じないだろう。

なんなら俺だって信じられないぐらい、今日の三枝さんはただただ可憐で美しくて、そんな三枝さんを前にすると流石に俺も直視出来なくて目のやり場に困ってしまった。

そんな俺に気付いているのか気付いていないのか、こちらを向いて面白そうに微笑む三枝さんの破壊力は、平凡な俺なんかにはあまりに刺激が強すぎるため、思わず目を逸(そ)らしてしまうのであった。

◇

ステージ上では、ＤＤＧの生演奏のもと、エンジェルガールズの代表曲『start』が歌われている。

誰しもが知っている程の有名な一曲だから、今日はＤＤＧのライブに集まったオーディエンスであるにもかかわらず、サビの部分では当然のようにコールが起き会場は大盛り上がりであった。

そして、サビを終え二番に差し掛かったところでステージ上のメンバーが散らばると、リーダーである『あかりん』こと新見彩里(しんみあかり)が、笑顔で会場に手を振りながらステージの端へと移動してきた。

ステージの端、つまりそこは丁度俺達がいる場所の目の前であった。

だからそうなると、当然あかりんは気付いてしまう。

今ここに、『しおりん』こと三枝紫音が来ているということに——。

あかりんと目が合った三枝さんは、「やっほー」と手を振って視線に応える。

こうして手を振られたあかりんはというと、突如目の前に現れた三枝さんに驚愕と困惑の表情を浮かべながらも、パフォーマンスだけは辛うじて続けている様子だった。

なんとか気を取り直したあかりんは、三枝さんを指差しながら『あんたあとで話がある！』とでも言いたげな表情を浮かべながら、またステージ中央へと戻って行ってしまった。

「あーあ、見つかっちゃった」

そんなあかりんの背中を見つめながら、三枝さんはまるで他人事のように楽しそうにコロコロと笑っているのであった。

エンジェルガールズが、『start』を歌い終える。

すると、それに合わせて会場からは割れんばかりの拍手と声援が飛び交った。

口々にエンジェルガールズのメンバー名を叫ぶ声が聞こえる。

その声に、エンジェルガールズのメンバーは会場に向かってニコニコと手を振って応えていた。

「というわけで、改めましてわたし達『エンジェルガールズ』です！」

エンジェルガールズの挨拶に、「うおおおお!!」とどよめく会場。

「今日は、同じ事務所のＤＤＧの単独ライブということで、応援に駆けつけちゃいました！」

「いやぁ、最高だったよ！　来てくれて本当にありがとう！」

あかりんの一言に、ＹＵＩちゃんが続く。

「じゃあこれはもう、ＤＤＧのみんなには今度のわたし達のライブにも来て貰わないと困るよね～」

ＹＵＩちゃんに向かって、したり顔でそう言ったのはエンジェルガールズの元気担当、『めぐみん』こと橘萌美だった。

「あ、それはいいですね！」

「フフ、賛成」

そんなめぐみんの意見に、エンジェルガールズの妹担当『ちぃちぃ』こと柊千歳と、クール担当『みやみや』こと東雲雅が続いて頷く。

以上の、『あかりん』『めぐみん』『ちぃちぃ』『みやみや』の四人が、現エンジェルガールズのメンバーになる。

四人ともタイプは異なるが、それぞれがかなりの美少女で、そんな個性溢れる美少女達が集まった奇跡のアイドルグループこそが、今や全アイドルの頂点と言われるエンジェルガールズなのである。

そんなエンジェルガールズとDDGによるフリートークが暫く続いたところで、突然リーダーであるあかりんが意を決した様子でステージ上のみんなへ告げる。

「みんな、ちょっといい？　今日はもう一曲歌わせて貰うんだけど、全責任はわたしが持つから、次の曲にどうしても参加して欲しい人いるんだ」

一体何の話だ？　と聞き入る会場内のみんな。

それはステージ上のメンバー達も同じで、みんな何のことか全く分かっていない様子だった。

「大丈夫、次の曲はゆっくり目な曲だし、何よりその子はこの曲のことを一番知ってるから。だから、わたしはもう一度、どうしてもあの子と一緒にこの曲を歌いたいの！」

そう告げるあかりんを見て、俺はあかりんが何を言いたいのか分かってしまった。

それはもう、つまり――、

「聞いてるでしょ、しおりん！　さっさとステージに上がって来なさい！」

あかりんは、しおりんこと三枝さんの方を指差しながら、高らかにそう告げたのであった。

◇

あかりんから発せられた突然の一言に、一気にざわつく会場内。

「あはは、わたし引退してるんだけどなぁ」

「さ、三枝さん行くの？」

「うーん、そうだなぁ。ねぇ、一条くん？」

言葉では悩んでいるが、相変わらず余裕たっぷりで全く悩んでいる感じのしない三枝さんは、俺の顔を見ながら満面の笑みを浮かべる。

そして、

「私の歌、ちゃんと聞いててね？」

そう一言残し、そのまま三枝さんはステージへと向かって歩きだしたのであった。

「――もう、いきなり酷いよあかりん」

ステージ脇から、透き通るような綺麗な声が会場に響き渡る。

そして、その声から一呼吸置いて、ステージ上へゆっくりと一人の美少女が姿を現す。

「「「しおりいいいいいいいいいん！！！」」」

その少女の姿に、会場からは今日一番の割れんばかりの歓声が鳴り響く――。

こうして、国民的アイドルグループ『エンジェルガールズ』の伝説的メンバー『しおりん』が、今日一日限りの復活を果たしたのであった。

「嘘……しおりんなの……？」

「しおりんんん！」

「しおりん、貴女本当にしおりんよね!?」

めぐみん、ちぃちぃ、みやみやがそれぞれ、ステージ上に現れたしおりんのもとへと駆け寄る。

それは三者三様の反応であったが、三人ともしおりんを前に感情が抑えられない様子だった。

「みんな、久しぶりだね」

そんな三人に、しおりんはニコリと微笑みながら優しく返事をする。

その光景に、会場からも「しおりーん！」と呼び掛ける声が絶えなかった。

「なんかごめんね、ＹＵＩちゃん達のライブなのに」

「本当だよ。でもまぁ、あたしも久々に紫音に会えたから良しにしてやるよ」

「フフ、ありがとね。でも絶対負けないからね？」

やれやれと笑うＹＵＩちゃんに、何故かしおりんは小悪魔っぽい笑みを浮かべながら負けない宣言をした。

そんな不意打ちをくらったＹＵＩちゃんは、苦笑いしながらも「なんだか知らないけど、だったらあたしも負けないよ」と返していた。

「さ、しおりん！　みんなも！　今日はＤＤＧのライブだからさっさと次の曲行くよ！」

あかりんのその言葉に、エンジェルガールズのメンバーは頷く。

そしてあかりんがしおりんに耳打ちをすると、頷いたしおりんはステージの真ん中に立った。

こうしてしおりんを中心にして、他のメンバーもそれぞれ定位置へとついた。

「それでは聞いて下さい。『ずっと友達』」

その声に合わせて、ＤＤＧの演奏が始まる。

この曲は、俺もよく知っている。

というか、エンジェルガールズの中で一番好きな曲だ。

しおりんが引退発表した直後に発表されたこの曲は、メンバーとしおりんの絆を歌ったバラード曲となっている。

たとえ今日だけの復活だとしても、それでも再びエンジェルガールズが揃ったこの状況でこの曲だ、歌い出す前から会場では鼻を啜る音が聞こえてきた。

「三枝さん、なんで辞めちゃったんだろうなぁ……」

そう隣で呟く孝之も、再び揃ったエンジェルガールズのみんなを前に、ちょっとジーンときている様子だった。

「本当にな……」

本当にどうして、三枝さんはアイドルを辞めてしまったんだろうな……。

◇

前奏が終わる。

そして、アイドルしおりんの歌声が会場中に響き渡る。

その透き通るような天使の歌声には、聞くもの全てを引き寄せる魅力があった。

そして、そんなしおりんの歌声に、他のメンバーの歌声が一人ずつ重なり合っていく。

それはまるで、メンバーの一人一人が卒業していくしおりんの背中を押しているようで、聞いている者の心を打つ歌声だった。

そしてサビは、全員での合唱。

歌詞にある『どこにいても、わたし達は仲間だよ』のフレーズが、曲のメロディーの良さと相まってみんなの心に深く響く。

「しおりーん！」

「帰ってきてー！」

会場から送られる感極まった声援に、歌っているメンバー達までもが感極まっている様子だった。

――凄い、これが三枝さんの本当の顔なんだ。

俺はそんな、飛び入りでも完璧にアイドルとして人々の心を惹き付ける三枝さんの姿に釘付けになっていた。

国民的アイドルグループ、エンジェルガールズのしおりんの姿に、俺は曲が終わるまでずっとただ見惚れてしまっていたのであった――。

「みんなー！　今日は本当にありがとー！　引き続きＤＤＧのライブ最後まで楽しんでいってねー！」

リーダーのあかりんがそう告げると、エンジェルガールズのみんなは舞台裏へと下がって行く。

会場からは、去っていくエンジェルガールズに向かって拍手と声援が鳴り止まなかった。

ちなみにステージへ上がってしまったこともあり、三枝さんも一緒に舞台裏へと消えて行ってしまった。

なんだか凄いものを見てしまったなと、俺は暫くぼーっとしてしまっていた。

いつも隣の席で挙動不審な謎行動ばかりしている三枝さんだけど、今日の三枝さんは紛れもなくアイドルだった。

――ちゃんと聞いてたよ、三枝さん。

俺は去っていく三枝さんに向けて、心の中でそう伝えた。

◇

日曜日。

俺は、未だに昨日のライブの余韻が抜けないでいた。

ＤＤＧのライブは最後まで本当に最高で、俺はもう孝之同様すっかりＤＤＧのファンになってしまっていた。

ライブが終わってからも、カフェで孝之と暫く熱く語り合ってしまった程、それはもう本当に最高だったのだ。

あんな最高のライブに誘ってくれた孝之には、本当に感謝しかなかった。

まぁそんな余韻に浸りながらも、非日常から日常に戻ってきた俺は、今日もコンビニでのバイトに励んでいた。

そして、コンビニの扉が開くメロディーが流れる。

そのメロディーに反応して、俺はいつも通り「いらっしゃいませ～」と声を発しながら、やってきたお客様を確認する。

するとそこには、マスクに縁の太い眼鏡をかけ、深く被ったキャスケットでその顔を隠した如何にも怪しい女の子が一人立っていた。

――毎度お馴染みの三枝さんだった。

昨日の可憐な姿とは打って変わり、いつもの不審者スタイルをした三枝さんが、今日も今日とてコンビニへとやってきたのである。

いつもの俺なら、そんなお馴染みの不審者スタイルでコンビニへやってくる三枝さんを見て安心しているのだが、今日の俺はドキドキが止まらなかった。

たった一曲でも、昨日はあんなに凄いライブを見せられたんだから、ドキドキしない方がおかしいってもんだ。

しかし、そんな俺の気持ちなんて露知らず、物凄い早歩きでレジの前を通り過ぎていく三枝さんは、今日も今日とて挙動不審全開だった。

そして、買い物カゴにサラダとサラダパスタと野菜ジュースを入れた三枝さんが、レジへとやってきた。

今日は全部野菜だなと思ったけど、今の俺にはそこを楽しむ余裕なんてなかった。

変装していても、目の前に立つ三枝さんはやっぱり可愛くて、俺はそんな三枝さんの顔をなるべく見ないようにしながらなんとか平静を保ちつつ、手早く集計を済ませていく。

「い、以上で、七百八十二円に――」

「これで！」

俺が金額を告げ終わるより先に、三枝さんは財布から千円札を取り出してシュバっと差し出してくる。

　案の定、今日も三枝さんは小銭を出してくれる様子がないため、俺はその千円札を受け取ると手早く精算を済ませてお釣りを手渡す。

　すると、三枝さんはいつも通りお釣りを差し出す俺の手を両手で包み込みながら、大切そうにお釣りを受け取るのであった。

「あ……これ……」

　お釣りを受け取る三枝さんは、ある物に気が付き動きが止まる。

　三枝さんの視線の先にあるのは、俺の腕に付けられたピンク色のリストバンド。

　これは昨日の帰り、前に行ったアイドルグッズのショップで買ってきたものだ。

「あ、これですか？　僕の大好きなアイドルのグッズなんですよ。『エンジェルガールズのしおりん』っていうんですけど、知ってます？」

　本人にこんなことを言うのはかなり恥ずかしかったけれど、営業スマイルを浮かべながら俺がそう告げると、三枝さんは一瞬にして顔を真っ赤にしていく。

「あ、あわわ！　ありがとうございましゅ！」

　そして、最後噛んでしまった三枝さんは、恥ずかしそうに足早にコンビニから出ていってしまったのであった。

　だが俺は、マスクをしていても去り際の三枝さんの嬉しそうな顔を見逃さなかった。

うん、昨日の三枝さんは凄かったけど、やっぱりこっちの三枝さんの方が身近で可愛いかなと思いながら、俺はそんな去っていく三枝さんの背中を微笑みながら見送ったのであった。

◇

月曜日。

教室へ入ると、今日も三枝さんは俺より先に自分の席に座っていた。

ちなみに土曜日のライブで、エンジェルガールズとして飛び入り参加した三枝さんは一躍話題の人になっている。

ＳＮＳでは『しおりん復活』がトレンド一位になり、二日経った今でも土曜日の出来事は伝説の一日として話題になり続けている程だった。

そのため、当然、今日の三枝さんは朝から多くの人に囲まれていた。

「ニュースで見たよ！　ステージ上がったんだね！」

「実は俺もライブ行っててさ、三枝さん出てきた時は本当にビックリしたよ！」

「ねぇ今度カラオケで歌ってよー！」

集まっているみんな、話題の三枝さんに興奮しながら口々に話しかけていた。

三枝さんも朝から本当に大変だなと思ったのだが、当の三枝さんは微笑みながらその一つ一つにちゃんと返事をしており、その辺は流石元スーパーアイドルだなと思った。

まぁそれはいいとして、とりあえず今日も今日とて人が集まりすぎだった。

ちょっと通してとお願いして、なんとか一人通れるスペースを空けて貰った俺は、ようやく自席に座ることが出来た。

しかし、座れたもののすぐ隣に人集り（ひとだかり）が出来ているこの状況は、相変わらず全く落ち着かなかった。

今日も今日とて、頭のすぐ隣に女子のお尻があるのだが、朝からやりづらくて仕方がない。

「ごめんねみんな！　ちょっとわたし疲れちゃったから、またあとにして貰えるかな？」

疲れた声でそう告げる三枝さんに、みんなはハッとした様子で口々に謝罪を述べると、足早にこの場から散っていった。

たった一言で、相変わらずのカリスマ性だな……。

前にもこんなようなことがあった気がするけど、流石は三枝さんだった。

「ふぅ、おはよう一条くん」

「あ、おはよう三枝さん」

人集りがなくなったところで、安心した様子の三枝さんから朝の挨拶をしてくれた。

そんな三枝さんに少し驚いたけれど、俺はコンビニでの一件があるから緊張せずいつも通り挨拶を返すことが出来た。

もし土曜日の状態のまま会っていたら、きっと緊張してまともに顔も見られなかったに違いないだろうな。

それにしても、不審者スタイルではなく普通に制服を着ている三枝さんは、今日も安定の美少女だった。

服装と言えば、土曜日の私服は本当に可愛かった。

学校にはしてこない、ナチュラルな化粧を施したあの日の三枝さんは、テレビや雑誌で何度も見たスーパーアイドルしおりんそのものだった。

そんなしおりんが、今隣の席に普通に座っていて、そして俺なんかに挨拶してくれているこの状況は、やっぱり意味不明だった。

「あの、ね？　土曜日はありがとね」

「うん、こちらこそ。その、三枝さんの歌ちゃんと聞いたよ。なんていうか、凄く良かった。ＹＵＩちゃんにも負けないぐらい素敵な歌声だった」

あの日、三枝さんは「わたしの歌、ちゃんと聞いててね？」と去っていったことを思い出した俺は、後れ馳せながらちゃんと感想を伝えた。

三枝さんの歌声は、透き通っていてとても綺麗で、まるで天使のような歌声だった。

ＹＵＩちゃんのパワフルな歌声とはまた違い、言葉では言い表せない良さがあったのだ。

だからこそ、俺は素直に思ったことを伝えたかった。

「そ、そっか……ありがとう……」

すると三枝さんは、顔を赤くしながらも嬉しそうに俯いていた。

「あ、リストバンド……」

「リストバンド？」

「え？　あっ！　な、なんでもないです！」

リストバンドと言うと、コンビニでしていたあのリストバンドのことだろうか。しかし、当然今は学校だからリストバンドはしてきていない。

しかし、そのことに気が付いた三枝さんの口からは、思わず寂しそうな声が漏れてしまった様子だった。

でも三枝さん、リストバンドをしてないのは申し訳ないのだけれど、この話はコンビニで不審者モードの時にしたやつですよ？

最近、ちょいちょい三枝さんは自分が変装していることを忘れがちな気がする。

俺が気付かないフリをしてあげると、三枝さんは慌てて何でもないと訂正してきた。

しかし、あの日ステージ上で堂々と歌いきったエンジェルガールズのしおりんが、俺のリストバンドごときで顔を真っ赤にして取り乱しているこの状況は、なんだか可笑しくて思わず吹き出してしまった。

――三枝さん、落差ありすぎでしょ。

そんな笑う俺を見て、「わ、笑わないでよ！」とアワアワしている三枝さんは、やっぱりただただ可愛い女の子だった。

◇

昼休み。

今日も俺は孝之と共に弁当を食べる。

隣では、既にクラスメイトを遠ざけ済みの三枝さんも、一人ニコニコと自分のお弁当箱の蓋を開けていた。

「いやぁ、土曜日は本当良かったな」

「あぁ、改めて誘ってくれてありがとな、本当に良かったよ」

俺と孝之は、未だに抜けきらない土曜日のライブの余韻に浸っていた。

「土曜日と言えば、三枝さんには本当ビックリしたよ！」

「え？」

突然孝之に話しかけられた三枝さんは、驚いていた。

「あぁ、そっか。あの日俺と卓也もライブに行ってたんだよ。そしたらいきなり三枝さんがステージに上がるから、本当にビックリしたよ」

「あぁ、うん。知ってるよ」

「ウッソ！　マジで!?　ステージから見えた!?」

いや、ごめん孝之。

見えたっていうか、三枝さんはあの日俺の隣にいたから孝之のすぐ近くにいたんだけど、どうやら本当に孝之はそのことに気が付いてはいなかったようだ。

まぁ会場は薄暗かったし、それだけライブに熱中していたってことだから、それはそれで幸せなことだろう。

「どうだったかな？　わたし達のライブ」

「最っっ高でしたっ!!」

質問する三枝さんに、孝之は興奮気味に即答した。

そんな孝之に、「フフ、ありがとね」と笑いかける三枝さんは、やっぱりアイドル可愛かった。

「一条くんは、どうだった？」

え、俺も？　いや、俺は今朝伝えたでしょと思ったけれど、勿論そんなこと承知の上の三枝さんは、わざと同じことをもう一度言わせようとしているのが分かった。

ふーん、そうか。そんなに褒められたいならよかろう。

ならば心して聞くがよい！

「あぁ、三枝さんの歌声は本当に最高だったよ。それに何より、あの日の服装も本当に可愛くて、目のやり場に困っちゃったぐらいだよ」

「分かる！　すげぇ似合ってて可愛かったよな！」

「な！　正直ステージ上の他のエンジェルガールズのメンバーやＤＤＧのみんなよりも、俺は三枝さんに目を奪われちゃったかな」

どうだ？　お望み通りベタ褒めしてやったぞ？　と三枝さんの様子を窺うと、何故か三枝さんは下を向きながらプルプルと震えていた。

ん？　なんだこのリアクション？

思っていたのと違うその反応に、少しやり過ぎてしまったかと心配になってしまう。

すると三枝さんは、いきなりガバッと立ち上がったかと思うと、鞄の中から折り畳んだ紙切れを取り出し、そのままスッと差し出してきた。

お、おう……何これ？

わけも分からず、その差し出された紙切れを受け取る俺。

「い、家に帰ってから開いてね！　それまでは絶対開けちゃダメだからねっ！」

顔を真っ赤にした三枝さんはそう告げると、食べかけのお弁当箱を片手に教室から足早に去っていってしまった。

「今のは、恥ずかしがってるから……ってことでいいよな？」

「あ、あぁ……」

俺と孝之は、去っていく三枝さんの背中を見送りながら、俺達今、何か悪いことをしたかと確認し合った。

結果、特にお互い問題ない——はずだ。

だから三枝さんは、単純に恥ずかしくなってこの場から去っていった。

多分、それは間違っていないだろう。


——じゃあ、この紙はなんだ？

俺は律儀（りちぎ）に折り畳まれた紙切れを、とりあえず言われた通り開かずに制服のポケットへとしまっておくことにしたのであった——。


そして、その日の夜。

俺は、今日の昼休みに三枝さんから渡された一枚の紙切れと一人にらめっこをしていた。

家に帰るまで決して開いてはならないと言われた、まるで玉手箱のような紙切れ。

部屋のベッドに寝転び、俺は「もういいよな」と呟きながらゆっくりとその紙切れを開いてみる。

『shion-s.1012』

なんだこれは？　そこには、謎のＩＤのようなものが書かれていた。
どこかで見覚えがあるような……そうだ、この間の国語の小テストにされた落書きと同じワードだ。
三枝さんは、またこの暗号を俺に渡して何がしたいんだと思ったけれど、紙切れの右下の方に小さく『らいむ。』と書かれていた。

あーなるほど。
これ、三枝さんのＬｉｍｅのＩＤだったのか。

ようやくこの謎の暗号が解けてスッキリしたところで、だったら別に家に帰ってからとか言わずにさっさと伝えてくれれば良かったのにと思いながら、俺はそのＩＤで検索する。
すると、ちゃんと可愛らしい猫をアイコンにした『しおん』というアカウントが一件表示された。

ほうほう、これが三枝さんのＬｉｍｅかと思い友達追加をタップしようとしたところで、俺の指がピタッと止まった。

――ん？　俺、今何しようとしてるんだ？

突如押し寄せてきた違和感に、俺は一瞬にして飲み込まれる。

――いやいやいやいやいや！　なんで三枝さんは俺なんかにＬｉｍｅ教えてくれちゃってるんだ!?

慌てふためく俺は、ようやくその玉手箱の持つ破壊力に気が付いたのであった――。

◇

それから俺は、三十分近くスマホの画面とにらめっこしていた。

そして、ようやく出した結論は『まずは友達登録しよう』だった。

こうしてＬｉｍｅを教えて貰った以上、理由はともかく登録しないのは三枝さんに対して失礼だと思ったからだ。

だから俺は、震える指で追加ボタンをタップする。

そして、確かにこの三枝さんと思われる猫のアイコンのアカウントが友達に追加されたことを確認する。

うわぁ、俺やっちゃったよ……と、もう後には引けないことを実感した。

友達追加したならば、あとは極力時間を空けずにメッセージを送らなければならないのだが、ここでまた新たな問題が生じた。

——ヤバイ、何を送ればいいのか全く分からない。

『一条です！　友達追加したよ！　ありがとね！』

『一条卓也です！　猫のアイコン可愛いね！　宜しく！』

『三枝さんだよね？　一条だよ！　これから宜しく！』

などなど、俺は似たような文面を色々と書いては消してを繰り返していた。

三枝さんとＬｉｍｅするにしても、距離感がどうにも全く分からないのだ。

しかし、こうしている間にも相手には友達追加されたことは通知されてるだろうし、早く送らないと俺のアカウントが誰だか分からないだろうから、不審に思われてしまう恐れがある。

ちなみに俺のＬｉｍｅのアカウントは、おじいちゃん家で飼っている犬のアイコンで、アカウント名は『TAKU』だ。

分かると言えば分かるかもしれないが、いきなり出てきてこれが俺だなんて紐付くとは限らない。

仮にも元スーパーアイドルの三枝さんだから、不審に思われたらすぐにブロックだってされかねなかった。

焦った俺は、とにかく何か送らなきゃと文字を打つ。

『三枝さんのアカウントで良かったかな？　隣の席の一条です』

よ、よし！　これが一番無難だ、これで送ろう。

ようやく決心した俺が、送信ボタンをタップしようとしたその瞬間だった。

表示した画面にピコンと新着メッセージが表示された。

『一条くんだよね？』

それは、まさかの三枝さんから先に送られてきたメッセージだった。

画面を開いていたからすぐに既読がついてしまっただろうから、俺は打っていた文字を慌てて消すとすぐに返事を打つ。

『そうです！　よく分かったね？』

『名前で分かったよ！』

俺の返事に、三枝さんからもすぐに既読がついたのだが、少し間を空けてから返事が返ってきた。

名前で分かるものなのかな？　と思ったが、ひとまずは三枝さんからメッセージを送ってくれたことで、俺はようやく肩の荷が下りた気分だった。

『なんでＬｉｍｅのＩＤ教えてくれたの？』

落ち着きを取り戻した俺は、とりあえず一番の疑問を投げ掛けてみた。

それは勿論、何故三枝さんは俺なんかにＬｉｍｅのＩＤを教えてくれたのかについてだ。

これには、何かクラスメイトとして頼みごとをしたいとか、それ相応の理由があるからに違いない。

そうでもなければ、三枝さんが俺とＬｉｍｅするなんて普通に考えてあり得ないから。

だから俺は、もしかしたらこれから何か重要なお願い事とかされるんじゃないだろうかと、緊張しながら三枝さんからの返事を待った。

そして、少しの間を空けて、スマホからピコンと通知音が鳴った。

俺は恐る恐るスマホの画面をタップすると、その通知は三枝さんからの返信だった。

『ダメだったかな？』

そして返ってきたのは、その一言だけだった。

俺はそのたった一言の持つ意味が読み取れなくて、困惑した。

――ダメだったかなってなんだ？

それじゃまるで、三枝さんが普通に俺とＬｉｍｅしたかったみたいじゃないか！　と思ってしまうが、すぐさまそんなわけあるかと緩みきった自分の考えを否定する。

だが、そんな俺に追い討ちをかけるように、さらにピコンと通知音が鳴った。

『一条くんとＬｉｍｅしたかったの』

その一文に、スーっと自分の中で引いていくものを感じた。

流石にもう、言葉にされたらそれが全てだった。

だから俺は、逆に冷静になった頭でスマホをタップして返事を打つ。

『いいよ、連絡先教えてくれてありがとう。三枝さんとＬｉｍｅ出来るのは俺も嬉しいです』

そう俺が返信すると、この日三枝さんからの返信はなかった。

さぁて、明日からどうなっちゃうんだろうなと思いながらも、不思議と俺の中では不安より楽しみな気持ちが勝っているのであった。

そして、次の日。

俺は例のごとく早起きをしてしまい、いつもよりかなり早めに登校した。

すると、まだ教室には俺を含めて二人しか登校していなかった。

俺ともう一人、それは何故か今の席になってから登校時間が物凄く早くなっていることでお馴染みの、隣の席の三枝さんだった。

今日はいつもより三十分早く着いたというのに、三枝さんは一体いつから教室にいるのだろうか？

「おはよう三枝さん」

俺は三枝さんに挨拶しながら、自分の席へと着いた。

「あ、お、おおお、おはよう一条くん」

ギギギッと顔だけこちらへ向けて、ガッチガチの挨拶を返してくる三枝さんは、今日も朝から挙動不審全開だった。

「あ、そうだ。昨日はＬｉｍｅありがとね。このことはあまり周りには漏らさない方がいいのかな？」

「あ、う、うん！　わたしクラスの子達に聞かれても全部断ってるから、そうして貰えると、た、助かります……」

その予想外の返事にかなり驚きながらも、俺は「分かったよ」と返事をした。

だったらなんで、俺には教えてくれたのだろうか？

流石に勘違いしちゃうよ？　なんて、三枝さんが俺なんかを恋愛対象として見る理由なんかないことぐらい自分が一番分かっているから、細かいことは気にしないでおくことにした。

きっと何か理由があるに違いないが、こんな三枝さんと平凡な俺とでＬｉｍｅが出来るのなら、それだけで御の字だと思うべきだろうから。

「き、昨日は返事出来なくてごめんね！　お、お風呂入ってそのまま寝ちゃったの！」

「そっか。うん、気にしてないから大丈夫だ――」

「気にしてっ！」

謝罪する三枝さんに、気にしてないから大丈夫だよと返事をしようとしたのだが、食い気味に気にしてと言われてしまった。

思わずそう言葉を発してしまったのであろう、三枝さんは恥ずかしそうに顔を真っ赤にしながら下を向いてしまった。

「あー、うん、ごめん。本当はもうちょっとＬｉｍｅしてたかった、かな」

なんだかとても居辛い空気になってしまったため、すかさず俺はフォローした。

実際、相手は俺の大好きなアイドルしおりんなのだから、もうちょっとＬｉｍｅしていたい気持ちがあったのは本当なのだ。超本当。

「そ、そそそっか！　じゃあ今日またＬｉｍｅお、送るね！」

照れ笑いしながら三枝さんがそう返事してくれたところで、他のクラスメイトが教室へとやってきたためこの会話は終了となってしまう。

——でも、正直助かった。

今の照れ笑いする三枝さんの破壊力は凄まじく、これ以上の二人きりの会話はもう耐えられそうになかったから——。

◇

昼休み。

今日も今日とて、俺は前の席に座る孝之と弁当を食べる。

隣の席の三枝さんはというと、今日も一人でお弁当をニコニコと食べていた。

理由は分からないが、いつも幸せそうにご飯を食べている三枝さんの姿は、見ているだけでこっちまで幸せな気分になってくる。

それはクラスのみんなも同じ気持ちのようで、教室のあちこちから三枝さんへと優しい視線が向けられているのであった。

流石は三枝さん、ただ弁当を食べるだけでも場の空気を和ませてしまう魅力があるのだ。

「そうだ卓也、今日部活休みだからさ、放課後ちょっと付き合ってくれよ」

「ん？　あぁ、俺も今日はバイト休みだからいいぞ」

「さんきゅー！　ちょっと駅前で行きたい店があるんだよ」

「行きたい店？」

「おう、ついにこの街にも駅前にメイド喫茶が出来たんだよ！　興味あるじゃん？」

「ふーん、メイド喫茶ねぇ…………そりゃ行くしかないなっ！」


カシャンッ！


孝之の素敵な提案に、俺が元気よく二つ返事をすると、隣の席から何か物が落ちるような音が聞こえてきた。

会話を中断した俺と孝之は、その音に反応して何事だと隣に目をやる。

どうやらさっきの音は、三枝さんが持っていた箸を落とした音だったようだ。

慌てて三枝さんは、落とした箸を拾っていた。

「だ、大丈夫？」

「あ、うん、もう食べ終わってるし大丈夫」

心配して俺が声をかけると、三枝さんは少し恥ずかしそうにしながら大丈夫と返事をする。

もう食べ終わってるなら、まぁ大丈夫か。

「い、一条くんはその、メイド喫茶好きなの？」

そして油断していたところ、三枝さんから思わぬ質問が投げかけられる。

――聞いてたんですね、三枝さん。

メイド喫茶が好きなの？　と女の子から聞かれるのは、中々恥ずかしいものがあった。

ましてや相手はあの三枝さんだ、今すぐ逃げ出したい気分だ……。

「ま、まぁ、正直興味はあるか……な……」

「そ、そうなんだね。メイドさんが好きなの？」

「まぁ、うん。どっちかと言うと……」

何この会話恥ずかしい！　早く終わって!!

そう願いながらも返事をすると、三枝さんは「そっか」と一言呟いて、この話を終わらせてくれた。

しかし、三枝さんはニコリと微笑んではいても、どこか闘志を燃やしているような、顔の表情とは真逆の感情が心に潜んでいるように感じられた。

「ま、まぁ、そんな感じで放課後頼むわ」

「お、おう、分かったよ」

俺と孝之は、そんな様子のおかしい三枝さんに少し怯えながらも、放課後メイド喫茶へ行く約束をしたのであった。

◇

放課後。

俺は孝之と、約束通りお目当てのメイド喫茶の前へとやってきた。

そこは駅前の商業ビルの五階にあり、外からも一目で分かるピンク色の看板がデカデカと掲げられていた。

「い、いくぞ！」

「お、おう！」

覚悟を決めた俺達は、緊張しながらも店の扉を開いた。

「お帰りなさいませ！　ご主人様!!」

店内へ入ると、可愛らしいメイドの服装をした女の子達に出迎えられた。

しかも、テレビや漫画とかでよくある「お帰りなさいませ！　ご主人様！」を生で聞けたことに、俺達はちょっと感動した。

本当に言うんだなとか思っていると、そのままメイドさんに席へと案内される。

周囲を見回すと、まだオープンして間もないはずだが、店内は既に多くのお客さんで溢れていた。

それから俺達は、オムライスを頼んでケチャップで文字を書いて貰ったり、せっかくだからとお願いしてメイドさんとの写真を撮ったりして、一通りメイド喫茶というものを堪能して店をあとにした。


「まぁ、こんな感じか」

「そうだな」

中にいる間は楽しかったのだが、一歩外へ出ると途端に冷静になった俺達は、そう感想を交わしながら若干の虚しさと共に家路についた。

まぁこれも社会経験だと、俺達はまた一つ大人になった気がしたのであった。

◇

時計を見ると、既に夜十時を少し回っていた。

部屋で一人横になりながらスマホをいじっていると、ピコンと新しいＬｉｍｅのメッセージを受信した。

送り主は、昨日Ｌｉｍｅを交換した三枝さんからだった。

そう言えば、今日もＬｉｍｅするって話していたことを思い出しながら、送られてきたそのメッセージを開く。

『メイド喫茶、どうだった？』

ちょっと？　三枝さん？

Ｌｉｍｅでもその話します？　と焦った俺は、どう返事したらいいのか迷いつつも『それなりに楽しかったよ』とだけ返事をした。

『そっか、メイドさんが好きなんだね』

俺の返信に対して、すぐに素っ気ない返信が返ってきた。

いや、好きってわけでもないんだけど、えっと、何これ？

なんだか彼女に責められている彼氏みたいになってません？　と変な汗が流れてきた。

そんなメッセージになんて返すのが正解なのか分からない俺は、一回スマホを置いて気持ちを切り替えることにした。

うん、まずは深呼吸をしよう。スー、ハー。

――ピコン。

すると、俺はまだ返信出来てはいないのに、三枝さんから新たなメッセージが送られてくる。

「ん？　画像？」

しかもそれは、メッセージではなく画像ファイルだった。

そんな突然送られてきた謎の画像ファイルだが、このままスルーするわけにもいかないため俺は恐る恐るその画像ファイルを開いた。

そして、画面に表示された画像を見て俺は思わず絶句する——。

「何やってるの三枝さん……」

そう呟く俺の手に握られたスマホの画面には、メイド服のコスプレをした三枝さんの自撮り写真が写し出されていた。

三枝さんが着ているメイド服は、よく見るとエンジェルガールズのサードシングル『あなただけの召使い』のＰＶで着ていたメイド服だった。

今日行ったメイド喫茶のコスチュームとよく似たミニスカートでフリフリのメイド服は、とても三枝さんに似合っていた。

そんなスーパーアイドルしおりんが、少し恥ずかしそうに顔を赤らめながら自撮りした画像だ、これが可愛くないわけがなかった。

——というか、可愛いなんてレベルじゃないぞこれ。

——ピコン。

そんな三枝さんのメイド姿に見惚れていると、三枝さんから新たなメッセージが届く。

『私も着てみたけど、どうかな？』

いや、どうかなって……そりゃもう……。

『最高です。家宝にします』

そう返信をすると、俺は送られてきた画像をとりあえず三回保存しておいたのであった。

第三章　遠足

「よーし、じゃあ今度の遠足の班を決めるぞー」

教壇に立つ担任の鈴木先生の言葉に、教室内の熱気は一気に高まった。

この高校では、毎年一年生は遠足へ出掛けるという恒例行事があるため、一年生である俺達は例に漏れず遠足へと出掛けることになったのだ。

内容としては、バスで近場の山まで行って、そこにあるハイキングコースを歩いて、広場でお弁当を食べて終了という、本当に普通の遠足だ。

にもかかわらず、そんなただの遠足という行事に対して教室内は大盛り上がりなのである。

何故なら、それは勿論言うまでもなく、このクラスには三枝さんがいるからに他ならない。

みんな、スーパーアイドルしおりんと同じ班になろうと闘志を燃やしているのだ。

もっとも、このクラスには三枝さん以外にも美女がいるため、この盛り上がりは三枝さんだけに限った話ではないとは思うけれど。

「じゃあ、男女それぞれペアを作って……あとはペア同士くっついて四人の班を作ってくれー」

鈴木先生がそう告げると同時に、教室内では誰とペアを組むかで一気に騒然とした。

「卓也、組もうぜ！」

「おう、宜しく」

だが、そんなクラスのざわつきなど俺には関係なく、当たり前のように俺は孝之と早々にペアを組むことで、教室内で繰り広げられている『誰とペア組むか問題』で悩むことなんてなかった。

こういう時、すぐにペアを組めるような友達がいるというのは本当に助かる。

俺はともかく、孝之は他のクラスのみんなとも仲が良いのに、真っ先に俺を選んでくれるところが本当にあったけぇ奴で、そういうところも男らしくてイケメンなんだよな。

俺が女なら、惚れてるね！

「三枝さん、良かったら一緒に組まない？」

ペア決めには全く無関心な様子で、じっと自席で座っている三枝さんの所へクラスの女子達が集まっていた。

三枝さんとペアを組みたがる彼女達は、その席は一つしかないこともあり、なんとか選ばれようと自己アピールに必死だった。

男子だけでなく、エンジェルガールズは女子人気も高いこともあり、そんな憧れのアイドルと一緒に遠足出来るチャンスが目の前にあるのだから、彼女達が必死になる気持ちは分からなくもなかった。

うん、まぁ、だから必死になるのは別に構わない。

だがしかし、今日も頭の横に女の子のお尻があるこの状況だけは居たたまれないので、いい加減なんとかして頂きたいのだけれどね……。

「みんな誘ってくれてありがとう！　でもごめんね、私もう班は決まってるんだ」

集まってきた女子達に向かって、申し訳なさそうに断りを入れる三枝さん。

その声に、え？　三枝さん誰と組むんだ？　とクラスの男子達からも注目が集まる。


するとすると三枝さんは、同じくペア決めに加わらず自席に座っていた清水さんに向かって、ニッコリと微笑みながら声をかけた。

「清水さん、いいよね？」


すると清水さんは、あたふたしながらも「うん、宜しくね」と小声で返事をする。

三枝さんと清水さんが話しているところは正直あまり記憶にないのだが、二人は出席番

号順で前と後ろの関係なため、見えないところで絡みがあったのだろう。

こうして三枝さんのペアが決まってしまったことで、そっか残念と諦めた女子達が三枝さんの席から離れて行くと、清水さんは居心地悪そうにトコトコと三枝さんの席へとやってきた。

清水さんと言えば、艶やかな黒髪を姫カットで揃え、色白で小柄な可愛らしい女の子だ。

それこそ、三枝さんを除けばこの学校でもトップクラスの美少女として実は有名で、主にオタク寄りな人達を中心に根強い人気を誇っていたりする。

そんな、クラスでもツートップの美少女である三枝さんと清水さんがペアを組んだことで、今度は男子達の目の色が露骨に変わったのであった。

「ペアはいいんだけど、班決めるのってどうしたらいいんだろうなぁ」

しかし、そういうことにはあまり興味のない孝之は、どのペアと組んだらいいのか困った様子で呟く。

それは俺も同じ気持ちで、これからどうしたものかと悩んでいた。

――チラッ。

「そうだな、みんなもどうするか困ってるよな」

周りを見回しても、まだ班が決定したところは一つ二つしかない様子だった。

男女共に、誰がどこのペアとくっつくか様子を見合っているという感じだ。


――チラッチラッ。

「……あぁ、そうだよな」

――チラチラチラッ。


「……あぁ、そうなんだよ……」

返事をしながら、俺は孝之と視線を交わす。

(どうする?)

(卓也、ここは頼む)

(……分かったよ)

孝之と目だけで無言の会話を交わすと、俺は一度深くため息をついた。

そして俺は、さっきからこちらをチラチラ見てきているお隣さんの方を向くと、覚悟を決めて声をかけた。

「……あのぉ、三枝さん？　良かったらその、一緒に班組みませんか？」

そう俺が声をかけると、まるで一輪の花が咲いたようにパァッ！　っと満面に笑みを浮かべる三枝さん。

「いいの!?　宜しくね!!」

そして三枝さんは、二つ返事で俺の誘いをオッケーしてくれた。

隣の清水さんも、そんな三枝さんに倣って、「よ、宜しくお願いします！」と顔を真っ赤にしながら頭を下げてきた。

「おう、こちらこそ宜しく！　よし、じゃあこの四人で班決定だな！」

ニカッと笑った孝之が大きめの声でそう言うと、三枝さんと清水さんの相手が決まってしまったことが教室内に知れ渡り、残されたクラスの男子達は露骨にガッカリと落ち込んでしまっていた。

——ごめんみんな、圧が凄かったんだよ……圧が……。

こうして、俺は晴れて三枝さんと同じ班にさせら……じゃなくて、同じ班になったのであった。

◇

遠足当日。

今日は終日身体を動かすため、俺達一年生は朝から体操服で登校してきている。

学校に着くと、既に駐車場には遠足用のバスが数台到着しており、登校してきた人から自分達のクラスのバスへと乗り込んでいく。

バスの中の席順は事前に班毎に割り振られているため、俺もバスへ入り自分達の席へと向かったのだが、そこには俺の座る場所はなかった。

何故ないのかというと、それは今日も三枝さんと話をするために、朝からクラスのみんなが席の周りに集まってお喋りをしているからだった。

まぁ、俺もそんな小さい人間ではないため、別にそれぐらいのことは構わない。

ただ、問題はそうなると席が空くまでの居場所がないことだ。

「お、おはよう、一条くん」

そんな困っている俺に、隣の席からそーっと声がかけられる。

そこには同じ班の清水さんが、居心地悪そうに一人でちょこんと座っていた。

――なるほど、清水さんも仲間か。

清水さんは、三枝さんの周りに集まる人達がいなくなったらすぐに戻れるように、監視しやすいこの席にとりあえず座って様子を窺っているようだった。

「仕方ないか、引くのを待つしかないね」

そう諦めた俺は、フゥとため息をつきながら「隣いいかな？」と断りを入れ、清水さんの隣に座った。

そして、座ってから俺は気が付く。

何普通に女の子の隣に座ってるんだよと。

それに気が付いてしまったが最後、急激にこの状況が恥ずかしくなってきてしまう。

それはどうやら清水さんも同じようで、顔を赤くしながら居心地悪そうに俯いてしまっていた。

「あ、ご、ゴメン！　嫌だよね!?」

「う、ううん、大丈夫」

何やってんだ俺はと、すぐに立ち上がって退こうとしたのだが、清水さんは大丈夫と俺の服の裾をちょこんと摘（つま）みながら、恥ずかしそうに見上げてきた。

そんな清水さんは、三枝さんに次いでクラス、いや学年でも人気の美少女なこともあり、その姿は正直反則的な程に可愛かった。

「ごめんねみんな！　清水さんと一条くんが座れなくて困ってるから、そろそろ席空けてあげて貰ってもいいかな？」

俺と清水さんが顔を見合わせながら固まっていると、突然みんなの話を遮るように少し大きめの声をあげた三枝さんにより、さっきまで人で溢れていた俺達の席の周りからサーッと人が引いていった。

「ごめんね二人とも、もう座れるよ？」

そして周囲に人がいなくなったところで、ニコリと微笑みながらこちらに声をかけてくる三枝さんには、笑っているけどどこか焦っているような余裕のない感じが滲み出ていた。

こうして今日も三枝さんは、みんなには気付かれない程度にほんのりと挙動不審ぶりを発揮しているのであった。


「あぶねー！　遅刻するところだった！」

バスの発車時間ギリギリで乗り込んできた孝之が、フゥーと少し息を切らしながら俺の隣の席へドカッと座り込んできた。

「来ないかと思って心配したぞ？」

「悪い悪い、普通に寝坊した！」

そう言って服をパタパタと扇ぎながら笑う孝之は、今日もワイルドイケメン全開だった。

このクラスになってしばらく経つが、そんな孝之は女子達からの人気も高く、今もパタパタと自分の服を扇ぐ孝之のことを、こっそり横目で見ている女子が数名いるのが分かった。

相変わらずの色男だなと思いながら、俺がなんとなく後ろの席の方へ視線を向けると、そこには少し顔を赤くする清水さんと、何故か目を細めて仏頂面をしている三枝さんの姿があった。

——いや、清水さんはともかく、三枝さんのその顔は何!?

もしかして、三枝さんもそんな顔して孝之のこと見てたりするのかなと思ったけれど、残念ながら三枝さんの視線は孝之の方には一切向いていなかった。

じゃあどこを向いているかというと、何故か俺と目と目がバッチリ合う三枝さん。

んーっと？　これは？

相変わらず、目を細めながらジトーっとこちらを見つめてくる三枝さん。

一体何をしたいのか全く分からないのだが、とりあえずこれはあまり良い感情でしている表情ではないことは確かなので、俺はそんな三枝さんに向かってハハハと笑いながら軽く手を振ってみた。

——必殺、笑って誤魔化せだ！

なんて、そんな手法通用するわけがないよなと思ったのだが、何故か三枝さんはすぐにパァっと明るく微笑むと、嬉しそうにこちらに向かって手を振り返してくれたのであった。

なんで上手く行ってしまったのか全く意味が分からないけれど、とりあえず三枝さんがご機嫌になってくれたようなので、あまり深く考えるのはやめておいた。

目的地へ到着し、バスを降りる。

俺達の学年は全部で八クラスあるため、計八台のバスから続々と人が降りてくる。

「よーし、じゃあ早速ハイキングコースを進んでくぞー。同じ班の生徒同士離れないように一緒に歩くことー！　いいかー？」

「「はーい」」

学年主任の先生が拡声器でそう告げると、早々にハイキング開始となった。

とりあえず俺達もみんなに合わせて歩き出したのだが、そこで早速問題が起きる——。

「やぁ三枝さん！　良かったら一緒に歩いてもいいかな？」

突然、そう爽やかに声をかけてきたのは、東郷公久(とうごうきみひさ)くんだった。

俺達は四組なのだが、彼は確か一組だった気がする。

そんな東郷くんと言えば、今若者に人気の雑誌『Ｔｒｙ』で読者モデルをしていることで有名で、女子達からは王子様としてキャーキャー騒がれていたりする程、それはもう分かりやすいイケメンモテ男だった。

そんな東郷くんは当然自分に自信があるようで、今もこうして三枝さんとお近づきになろうと接触してきているのであった。

「同じ芸能界で活動してる者同士さ、歩きながらちょっと話さないかい？」

「私はもう辞めたから、話すことないかな」

勝手に隣に並んで話しかけてくる東郷くんに向かって、ニッコリと笑みを浮かべながらバッサリとその誘いを断る三枝さん。

「いや、でも僕は君から芸能界の先輩として色々アドバイスを聞きたいっていうか……」

「んー、アイドルとモデルじゃ、あんまり共通点ないと思うよ？　それにわたし、知り合いに男のモデルの人はいないからさ。ごめんね」

それだけ言うと、東郷くんを避けるように俺達のもとへと駆け寄ってきた三枝さんは「行こっか！」と言って、清水さんの手を取り楽しそうに歩き出した。

そんな分かりやす過ぎる三枝さんの後ろ姿を、呆然と見つめている東郷くん。

そんな東郷くんには少し悪いけれど、ちょっとスカッとした自分がいた。

「清水さんは、本が好きなのか？」

ハイキングコースを歩きながら、孝之はまるで前からの友達に話しかけるような自然なノリで、清水さんへ話しかけていた。

「え？　な、なんで？」

しかし、突然孝之からそんなことを聞かれた清水さんはというと、露骨に戸惑っていた。

「いや、ほら、いつも教室で本を読んでるだろ？」

「う、うん……。知ってたんだ……」

「そりゃまぁ、クラスメイトなんだからさ！」

普段の様子を見られていたことに恥ずかしがっているのか、清水さんは少し頬を赤く染めながら俯いていた。

だが、そんな清水さんの様子なんて全く気にすることなく、孝之は「今度オススメの本教えてくれよな！」とニカッと笑っていた。

俺は未だに清水さんとまともに会話すら出来ていないのに、孝之のこういう誰とでも分け隔てなく付き合える性格は、昔から本当に尊敬出来るところの一つだった。

そんなことを考えながら、俺が二人のやり取りを一歩下がった所で見ながら歩いていると、清水さんの隣を歩いていた三枝さんは歩くペースを徐々に落とし、そのままスッと、後ろを歩く俺の横へと並んできた。

まるでその場から消えるように、自然に俺の隣へと移動してきた三枝さんに、真横にいた清水さんも孝之も全く気付く様子はなかった。

――三枝さん、実は忍者なのかもしれないな。

そうして俺の隣へとやってきた三枝さんは、ニッコリと笑みを浮かべながらも視線が合わず、「や、やっほー！」とぎこちなく声をかけてきたのであった。

「今日は天気がいいね！」

「そうだね」

「ハイキング日和だよね！」

「そうだね」

「こ、木陰が気持ちいいね！」

「そうだね」

「……」

三枝さんから矢継ぎ早に話しかけられるものの、俺は緊張と話のネタの薄さ的になんて返事したらいいのか分からず、全部そうだねと返事をしてしまった。

その結果、急にピタリと立ち止まってしまう三枝さん――。

流石に不味かったかなと思い、俺は立ち止まった三枝さんの方を振り返る。

するとそこには、まるでハムスターのように頬っぺたをパンパンに膨らませた三枝さんが、両手をグーにしながら不満そうに立ち止まっていた。

「さ、三枝さん？」

「……」

声をかけてみるも、黙って膨れたまま動こうとしない三枝さん。

んーっと？　こういう場合どうしたらいいんだ？

とりあえずハッキリしているのは、この状況は非常に不味いから早く解消しなければならないということだ。

何故なら、周囲に目を向けると、他の班の人達が何事だとこちらを見てきているからだ。

あのスーパーアイドルしおりんが、膨れながら俺のことをじーっと見てきているこの状況は、周りから見たら「あいつ、しおりんに何しやがったんだ？」とか思われて誤解されてしまうかもしれない。

だから不味い――。

俺は一刻も早くこの状況を打開しなければならない。

そう思った俺は、もうなるようになれ！　と手をグーにしている三枝さんの腕を掴(つか)むと、ひとまずこの場から離れるためにもそのまま引っ張って早歩きで歩き出した。

だが、即座に俺はとんでもないミスを犯したことに気が付く。

――いや、三枝さんの腕を引っ張って歩いてる方がやばくね？

前を向くと、立ち止まっていた俺達に気が付いた孝之と清水さんが、こちらを振り返り立ち止まっていた。

そしてその顔には、驚きが色濃く現れていた。

そんな二人の表情を前に、全てを諦めた俺はパッと三枝さんの腕を離すと、「ごめん！三枝さん！」と謝りながら振り返る。

さっきから俺は一人で何をやってんだと、ここはただ謝るしかなかった。

しかしそこには、怒っていると思っていた三枝さんの姿はなかった。

代わりにそこには、何故か顔を真っ赤にしながら恥ずかしそうに俯く三枝さんの姿があった。

「あ、あの……」

「はっ！　え？　あ、ごめんね！　行こう！」

恐る恐る声をかけると、はっとした様子の三枝さんは、恥ずかしそうに笑いながら何事もなかったかのようにまた歩き出した。

良かった、どうやら怒っていたわけではないようで安心した。

そんな三枝さんに合わせて、俺も気を取り直して歩き出す。

すると、三枝さんは再び俺の隣に並んできた。

そして、

「……次からは、ちゃんと話してくれないとイヤなんだからね？」

そう耳元で囁（ささや）き、悪戯（いたずら）っぽくちょこっと舌を出す三枝さんの姿は、それはもう反則的に可愛かった。

しばらく歩くと、俺達はハイキングコースの目的地である山中の広場へと辿り着いた。

「いいかー？　着いた班からそこの時計で一時半まで自由行動とする！　各班それまでに昼食を済ませるように！　いいなー？」

「「はーい」」

こうして、ようやく弁当タイムとなった。

「この辺で食べるか？」

「そうだな……いや……」

孝之の提案に乗りかけた俺だったが、即座に思い留まる。

何故なら、俺達の班の近くで弁当を食べようとしてるのか、他のクラスの班の連中がすぐ近くでこちらの様子を窺ってきていることに気付いたからだ。

別に周りで食べて貰っても個人的には構わないのだが、それを三枝さんが受け入れるか否かが問題なのだ。

三枝さんの様子を窺うと、遠足に来てまでも人に囲まれてしまっていることに、ちょっと疲れたような表情を浮かべているのが分かった。

だから俺は、孝之と清水さんに目配せをすると、互いに頷きあって歩き出す。

そんな俺達の行動に、わけが分からない様子でついてくる三枝さん。

そして、周囲にいた人達からちょっと距離が空いてきたところで、俺は再び三枝さんの腕を掴んだ。

「え？　な、なに!?」

急にまた腕を掴まれたことに驚く三枝さんに、俺はニッコリと微笑みながら答える。

「三枝さん！　ちょっと走るよ！」

そしてそのまま、俺達は広場の奥の方へ向かって一目散に駆け出した。

そんな俺達に不意をつかれた他の班の人達は、慌てて追いかけてこようとはするが、それでは露骨に俺達のあとをつけていることになってしまうのに気が付くと、すぐに諦めて立ち止まっていた。

「よーし！　撒けたな！」

「ふぅ、だなっ！」

「もう！　みんな急に走り出すからビックリしたよー！」

「ごめんね紫音ちゃん」

周りに誰もいなくなった所で、少し息を切らしながら立ち止まった俺達。

そして、そんな状況がなんだか急におかしくなって、吹き出すように四人で笑い合った。

「よし！　弁当にするか！」

「あの大きな木の下とかどうかな？」

「お、いいね！」

こうして俺達は、みんなから離れた所にある大きな木の下で一緒に弁当を食べることにしたのであった。

木陰は心地よく、四人で楽しく弁当を食べることが出来た。

そうして弁当を食べ終えた俺達は、ここは他に人気もなくて落ち着くことだし、もう暫くここでゆっくりしていくことにした。

それは別に誰かが言い出したというわけではなく、四人の間での暗黙の了解といった感じで、言葉にせずともそういう空気を感じ合っていた。

ちなみに弁当だが、清水さんが班のみんなのためにと、大きめの容器にサンドイッチを作って持ってきてくれたのはめちゃくちゃ嬉しかった。

当然、自分達も弁当を持ってきていたのだが、俺達はそんな清水さんの気持ちが嬉しくて、持ってきてくれたサンドイッチも弁当と一緒に全て美味しく頂いた。

おかげで俺も孝之もお腹がパンパンなのだが、全部食べたことに喜ぶ清水さんの笑顔を見ることが出来たので、もうそれだけで食べた甲斐があったというものだった。

そして三枝さんは、そんなみんなの分まで弁当を作ってきてくれた清水さんを前に、まるでこの世の終わりのような絶望の表情を浮かべているかと思うと、震える手で自分のお弁当箱からミートボールを一つ爪楊枝に刺し、それをプルプルと震えながら俺に差し出してくれた。

別に気にしなくてもいいのにと思いながらも、俺はそんな三枝さんがおかしくて吹き出しそうになるのをぐっと堪えながら、ミートボールのお礼に弁当箱から玉子焼きを一つ取り出してお返しした。

すると三枝さんは、差し出されたその玉子焼きを前に、一瞬戸惑ったあと「え!?　くれるの!?」とパァッ！　と花が咲いたような笑みを浮かべながら、一瞬で元気になっていた。

そんな、テレビで見ていた憧れのアイドル美少女が、俺のあげた玉子焼き一つで機嫌を取り直し、隣でそれを嬉しそうにモグモグと食べているその状況は、やっぱりわけが分からなかった。

「なぁ卓也、今日はバイトあるのか？」

「いや、休みだけどどうした？」

木陰で涼みながら、孝之が何気なしに話しかけてきた。

今日はこの遠足があるから、疲れるだろうしバイトは入れていないと返事をする。

「そうか、俺も今日は遠足があるから一年は部活休みなんだよ。だから、どうだ？　たまには終わってからカラオケにでも行かないか？」

「カラオケ？　んー、まぁ、孝之が行きたいならいいぞ」

バキッ!!

俺が孝之の誘いをオッケーすると、突然隣から何かが折れる音がした。

俺も孝之も、ついでに一緒にいる清水さんも驚いてその音の発生源を辿ってみると、それは三枝さんが手に持っていた木の枝をへし折る音だった。

「さ、三枝さん……？」

「え？　あっ！　ご、ごめんなさい！　枝折っちゃった！」

いや、枝折っちゃったってなんだ？

良く分からないけど、枝折っちゃったことを恥ずかしそうに手をブンブンと振りながら謝る三枝さんは、相変わらず挙動不審だった。

「私、カラオケ行ったことない……」

すると今度は、清水さんがそう下を向きながら小声で呟いた。

「なんだ？　清水さんカラオケ行ったことないのか？」

「う、うん……」

「そっか、じゃあ良かったら清水さんも一緒にくるか？」

そんな俯く清水さんを、孝之は特に気にする様子もなく自然にこの後のカラオケに誘った。

その誘いに驚く清水さんと、何故か一緒に驚く三枝さん。

「い、いいの？」

「おう！　良いに決まってるじゃん！　俺達だけなら、初めてでもそんなに緊張もしないんじゃないか？」

「う、うん、じゃあ……行って、みようかな……」

ニカッと笑いながら孝之が真っすぐそう返事をすると、清水さんは恥ずかしそうに頬を赤らめながらもカラオケに行くことを決心してくれた。

まぁ、俺としても人が多い方が楽しいいし、なによりそれで清水さんが楽しんでくれたら良いなと思った。

すると、隣から物凄く強い視線を感じる。

恐る恐る隣を向くと、そこにはその大きな瞳をうるうるとさせながらこちらをじっと見つめ、何かを訴えかけてきている三枝さんの姿があった。

そして表情には、その感情がはっきりと現れていた。

――わたしも入れてよ！

うん、そりゃね、四人でいるのに三人でカラオケへ行く話をしていたらそうなるよね……。

三枝さんだけ仲間外れみたいにしてしまったのは、普通に申し訳ない。

だから俺は、そんな三枝さんに向かって優しく微笑みながら話しかける。

「あの、良かったら三枝さんも――」

「行きますっ！　行かせて頂きますっ！」

俺が「一緒にどうかな？」と誘う前に、三枝さんは右手をビシッと挙げながらハッキリと行きますと返事をしてくれたのであった。

俺はそんな三枝さんがおかしくなって、試しに一つ、ちょっと踏み込んだ質問をしてみることにした。

「良いの？　じゃあ『あなただけの召使い』も歌ってくれたり？」

「歌いますっ！　歌わせて頂きますっ！　って、あっ――」

俺の質問にも勢いよく二つ返事をしてくれた三枝さんだったが、言い終えてから俺が何を言ったのかようやく理解したようだった。

『あなただけの召使い』――それは、エンジェルガールズのサードシングルであり、そしてこの間、三枝さんが写真を送ってくれたメイド服がコスチュームになっている曲だ。

ちょっと意地悪だったかもしれないけど、そのことを思い出した様子の三枝さんは、顔を真っ赤にしながらも「逆に絶対歌ってやるんだから」と何故か闘志を燃やしていた。

そんな俺と三枝さんのやりとりに、わけが分からないながらも孝之と清水さんはおかしそうに笑っていた。

二人を見て、俺と三枝さんはきょとんと目を合わせると、やっぱりなんだかおかしくなってまた四人で笑い合ったのであった。

「なぁ、今日はみんな部活休みだろ？　だったら、行ける人はこのあとカラオケ行かないか？」

遠足を終え帰りのバスの中、クラスのみんなにそう提案してきたのは、以前もカラオケに誘っていたクラスの色男、新島くんだった。

そんな新島くんは、話しながら露骨に三枝さんの方をチラチラと見ていた。

なるほど、今日ならば断る理由も少ないはずだと狙ってきたわけだ。

そして例のごとく、彼の取り巻きの女子達が二つ返事で賛成することで、クラス全体にみんなでカラオケへ行く空気が生まれていた。

「いいねー行こう！」

こうして、クラスのみんなも三枝さんの方をチラチラと横目で見ながら、今日こそは来てくれるだろうかとそわそわしながら様子を窺っていた。

しかし、当の三枝さんはというと、周囲の様子を気にする素振りを見せず、どこか嬉しそうで、若干顔を緩ませながら黙って座っていた。

そんな周囲からの視線は、三枝さんだけではなく男子からは清水さん、女子からは孝之にも向いていたりするのだが、二人もそんな視線を全く気にする様子はなく、楽しそうに座っているのであった。

そしてそのままバスは学校へ到着し、俺達がバスを降りると学年主任の簡単な締めのスピーチをもって本日の遠足は無事終了となった。

「さ、三枝さん！　このあと来られるよね!?」

そのタイミングで、ついに痺れを切らした新島くんが直接三枝さんに確認を取るため声をかけていた。

彼は自分に相当自信があるようだが、ついにそのプライドを捨てて自分から直接三枝さんにアプローチしてきたのだ。

そこまでしてでも、新島くんは三枝さんともっと距離を縮めたいということだろう。

「ごめんね、今日は用事があるから行けないの」

そんな新島くんに向かって、三枝さんは申し訳なさそうに微笑みながらも、しっかりと誘いを断っていた。

「よ、用事……？」

「うん、用事！　じゃね！」

狼狽(うろた)える新島くんに、三枝さんはニッコリと返事をすると、そのまま一人、校門の外へとかけだして行ってしまった。

そんな去り行く三枝さんの後ろ姿を、呆然と見つめている新島くんの姿は少しだけ可哀想に思えてきてしまう。

それでも三枝さんは、俺の隣を通り過ぎる時に小声で「あとでね」と囁いて行った。

俺はそんな三枝さんとの秘密のやり取りに、ただ頷くだけだった。

「みんな悪い！　今日は俺パスだわ！　また今度宜しくな！」

「わ、わたしカラオケはちょっと……ごめんなさい……」

三枝さんが去っていくのを見送ると、孝之と清水さんもそれぞれ周囲からの誘いを断っていた。

こうして、言い方はあれだけどクラスの主要人物が来られないことが分かったカラオケ会は、露骨に盛り下がってしまっていた。

——ピコン。

そんななんとも言えない空気の中、スマホに一件のＬｉｍｅの通知が届く。

『先に「カラオケ浪漫」に向かってるね！』

三枝さんからだった。

そんな三枝さんのＬｉｍｅに、孝之と清水さんからそれぞれ『了解』のスタンプが押され、俺もスタンプを押しておいた。

そう、俺達は今日カラオケへ行くことを決めてから、お互いのＬｉｍｅを交換してグループを作っておいたのだ。

だから、新島くんが同じカラオケを提案してきた時はちょっと驚いたけれど、清水さんがいきなり大人数のカラオケはちょっと怖いとＬｉｍｅしてきたことで、今日は四人だけで行くことに決めていたのだ。

しかし、駅前の大きいカラオケ店では下手するとクラスのみんなと鉢合わせる危険性があったため、今日はちょっと外れにある『カラオケ浪漫』という小さな店舗へ行くことにしたのであった。

だから、クラスのみんなにはちょっと悪いけれど、今回ばかりは先約があったのだから仕方ない。

ちなみに俺はというと、残念ながら別に誰かに誘われるとかいうこともないため、普通にその場から離れることが出来た。

こういうクラスの集まりには来ないキャラということが、良いのか悪いのかすっかり定着しているようだ。

まぁそうじゃなくても、俺は他の三人と違っていたって平凡な男子高校生だから当然なのであった。

念のため別れて移動してきた俺達は、『カラオケ浪漫』のフロントで合流した。

「良かった！　上手くいったね！」

「なんかクラスのみんなには悪いことした気がするけど、こっちが先約だからしゃーないな！」

「みんなありがとね……私まだ大人数はちょっと……」

「清水さんは気にしなくていいよ。俺も大人数はちょっと苦手だからさ」

「そうだよ！　今日は楽しもう！」

「だな！」

「うん、ありがとう！」

ちょっと気にしていた様子の清水さんだったが、俺達がフォローするとニッコリと微笑んでくれたので、フロントにいても目立つし早速カラオケルームを借りて入ることにした。

部屋に入ると、そこはいかにも昔ながらのカラオケボックスという雰囲気だった。

床には赤色のカーペットが敷かれ、マイクスタンドが一つ置かれたお立ち台が用意されていた。

そしてなんと、天井にはミラーボールまでついていていた。

「なんだよこれ！　ちょっと付けてみようぜ！」

それに気付いた孝之が、面白がってミラーボールの明かりを付けつつ部屋の照明を暗くすると、途端に部屋の中がまるでテレビで見た昔のディスコのような雰囲気に変わった。

そんな場違いな雰囲気に、俺達は何しに来たんだよとちょっとおかしくなって思わず笑ってしまう。

まぁちょっと暗い方が恥ずかしくないだろうし、何よりこのままの方が面白いからこれで行こうとなって、俺達はディスコもといカラオケでフィーバーすることになった。

「じゃあ、ここは最初に私が歌った方がいいよね」

そう言うと三枝さんは、早速選曲を終えリクエストを送った。

確かに、素人の俺達とこの間まで国民的アイドルだった三枝さんとでは歌唱力に差がありすぎるし、いきなりそんな三枝さんの前で歌うだなんて拷問並みにハードルが高かったから助かった。

それは孝之も同じようで、安心したと同時に三枝さんの生歌に期待するようなワクワクとした表情を浮かべていた。

それは俺も同じで、あの日ＤＤＧのライブで聞いた三枝さんの歌声を思い出す。

――あの歌声は、本当に素敵だった。

それが、またこうして聞けると思うだけで物凄く嬉しかった。

しかも、今回はライブ会場ではなく、たった四人で来たカラオケボックスの中で聞ける思う。

のだ。

こんな贅沢なことがあっていいのかと正直思うし、だからこそ今日は目一杯楽しもうと

カラオケの画面に、曲名が表示される。

『あなただけの召使い』

俺は思わず「あっ」と声が出てしまった。

そんな俺の声を聞き逃さなかった三枝さんは、ニヤリと意地悪そうな笑みを浮かべながら俺の方を見ていた。

どうやら三枝さんは、あの時俺が言った軽口を本当にやってくれるつもりみたいだ。

以前送られてきた三枝さんのメイド服姿が頭に浮かんだ俺は、悪戯を言ったはずが逆にドキドキさせられてしまう。

そしてイントロが始まると、三枝さんはスッと立ち上がりそのままお立ち台へ上がると、スタンドにさされたマイクを勢いよく抜いた。

そして、

「貴方のためだけにー♪　この歌を捧げますー♪」

そんな歌い出しと共に、なんと三枝さんは曲の振り付けまで完璧に披露してくれたので

あった。

そんなノリノリな三枝さんに、孝之は「うぉー！」と立ち上がると、こちらもノリノリで三枝さんに向かってコールを送っていた。

こうしていきなり始まったノリノリな三枝さんと孝之とのやり取りに、最初は驚いていた清水さんだったが、次第にそんな二人がおかしくなったようでお腹を抱えて笑っていた。

必死にコールを送るファンの孝之と、それに対して現役時代は絶対しなかったようなオーバーなファンサを返す三枝さんの悪ふざけは、確かにコントのように面白かった。

体操服に、昔ながらのカラオケルームというロケーションのアンバランスさ、そして何よりノリノリで悪ふざけをする二人の姿に、俺も自然と笑ってしまっていた。

そしてそのまま一曲歌い終えると、やりきった表情を浮かべた三枝さんと孝之は互いにハイタッチをし、「流石ね！」「最高でした！」とお互いを讃え合っていた。

そんな二人のおかげで、場の空気は一気に和む。

そして歌い終えた三枝さんは、次の曲を入れた孝之とバトンタッチして席へと戻ってくる。

しかし、席へと戻ってきたかと思えば、三枝さんは何故か元の位置ではなく俺の隣へと座った。

俺はてっきり、清水さんの隣に座るものだとばかり思っていたため、不意を衝かれて思

わずドキドキしてしまう。

「い、一条くん、ど、どうだったかな?」

そして、恥ずかしそうに感想を求めてくる三枝さん。

どうだったというのは、勿論さっきの歌の感想だろう。

「すごく良かったよ、それに面白かった」

「そ、そう?」

俺が笑いながらそう答えると、三枝さんは顔を赤くしながらも嬉しそうに微笑んでくれていた。

そんな目の前で恥ずかしそうに微笑む三枝さんは、正直めちゃくちゃ可愛かった。

「うん、さっき三枝さんが歌ってくれた曲、実はダウンロードして通学中に聴いてるんだよね。だから、それが生で聴けたのは本当に嬉しかったよ」

素直に感想を伝えると、三枝さんは更に恥ずかしそうに「あわわわわ」と文字通りアワアワしていた。

「これであのメイド服だったら、もっと最高だったんだけどね」

そんな三枝さんがなんだか面白くて、俺は更に悪戯な言葉を付け足してみた。

すると三枝さんは、アワアワしていたかと思えば、今度は急にガッツポーズをする。

「次回は、必ず用意いたします!」

そして、鼻息をフンスと鳴らしながら高らかにそう宣言してくれたのであった。

いや、冗談だからそんな気合い入れなくても大丈夫ですよと思ったけど、まぁ本当に見せて貰えるならそれはそれで御の字だから、この件はそっとしておくことにした。

――もっとも、目の前であの姿を見せられたら、俺が平常でいられる自信はきっとないんだけどね。

孝之がロックでイケイケなナンバーを歌って盛り上がったところで、次は俺が歌えとのことなので仕方なく好きなバラード曲を選曲した。

この曲は少しマイナーで古い曲なんだけど、昔から好きでかなり聞き込んでいる曲だから、これなら人前で歌ってもまだマシだろうと思い俺は頑張って歌ってみることにした。

しかし、この間までアイドルとして活動していた三枝さんが目の前で聞いてるんだから、そりゃもう必死に歌った。

人生でここまで熱唱したことなんてないんじゃないかってぐらい、それはもう頑張った。するとどうだ？

孝之と清水さんは、俺の歌にちゃんと聞き入ってくれているようだった。

二人が俺なんかの歌をちゃんと聞いてくれていることで、歌いながらも、俺の歌声はきっと大丈夫なんだとかなり安心出来た。

だが、問題は残りのもう一人だ。

三枝さんはというと、お立ち台で歌っている俺に一番近い席に移動してきており、そして歌う俺のことを食い入るようにキラキラとした目でずっと見つめてきているのであった。

あのー、三枝さん？

それめっちゃ歌い辛いんですけど⁉

そんな俺の気持ちなんてお構いなしに、こちらをじっと見つめてくる三枝さん。

これは新手の嫌がらせか何かなのだろうか。

女の子にそんな表情をされながら歌っているところを見られるというのは、やっぱりかなりドキドキしてしまった。

こうして、なんとか最後まで歌い終わった俺に向かって、まるで好きな歌手のライブが終わった後のように勢いよく、手をパチパチ叩いてくれる三枝さん。

いやいや、立場逆だからと思いながらも、恥ずかしくなった俺はさっきいた席へ、そそくさと戻った。

「前から思ってたけどさ、お前達って……」

「ん？　なんだ？」

「あー、いや。なんでもない。よし次、清水さんも歌ってみようよ！」

そんな、ある意味、今も挙動不審な三枝さんと俺とのやり取りを見ていた孝之は、何かを言いかけたけどすぐに何でもないとはぐらかされてしまった。

付き合いは長いけど、一度言いかけたことをやめる孝之なんて珍しかったから、孝之が何を言いかけたのか少しだけ気になってしまった。

ちなみに、そんな孝之にお前達と呼ばれたもう一人の三枝さんはというと、スマホで一生懸命何かを探していた。

そして、「あった！」と呟きながら何かをダウンロードしていた。

ちらっと見えた三枝さんのスマホの画面には、さっき俺が歌った曲のタイトルが表示されており、どうやら今俺が歌った曲をダウンロードしているようだった。

三枝さんは凄く満足そうにふやけた笑みを浮かべており、さっき俺が歌った曲をそんなに気に入ってくれたのなら、歌った俺としてもそれは普通に嬉しかった。

こうして俺が歌い終えたことで、次は清水さんが歌う番になった。

孝之のフォローもあり、清水さんは緊張した様子ではあったものの、ちゃんと選曲して送信までしてくれて安心した。

そうして画面に表示されたのは、まさかのエンジェルガールズの曲だった。

「あ、あの、紫音ちゃん。よ、良かったら一緒に歌って貰える？」

恥ずかしそうにお願いする清水さんの仕草は、まるで小動物のように可愛かった。

それは同性である三枝さんも同じ気持ちのようで、清水さんのお願いに二つ返事でオッケーすると、一緒にお立ち台に立って嬉しそうにマイクを握った。

そして二人は、そのまま仲良くエンジェルガールズの曲を歌い出したのであった。

俺と孝之は今、奇跡の光景を目の当たりにしている――。

一人は、国民的アイドルグループ『エンジェルガールズ』に所属していたしおりんこと三枝さん。

彼女は明るく可憐に微笑みながら、この狭いカラオケボックスの中でも完全にアイドルムーブを発揮しながら、エンジェルガールズの曲を可愛く完璧に歌いこなしていた。

そしてもう一人は、クラスメイトの清水さん。

彼女はいつも読書をしていて引っ込み思案な性格なのだが、元々の声そのままの、可愛らしい歌声をしていた。

ちょっと動きが硬いながらも、一生懸命歌うその姿は、隣の三枝さんとはまた違った魅力に溢れていた。

だから、そんな学年でも可愛いツートップの二人が、たった今俺達の目の前でアイドルをしているこの光景は、クラスのみんなには悪いけど凄まじい程の破壊力を発揮しているのであった。

「……なぁ、卓也」

「……なんだ、孝之」

「……俺達は今、エデンに足を踏み入れているのかもしれないな」

「……そうか、ここがエデンか」

なるほど、どうりでこんなにも尊いわけだ。

こうして、可愛く楽しそうに歌うクラスのアイドル二人を前に、俺と孝之は仲良く浄化されたのであった――。

それから二時間、俺達はカラオケを全力で楽しんだあと解散となった。

歌っては話をして、俺達は二時間ほとんど休むことなくずっと楽しむことが出来た。

家に帰った俺はすぐにシャワーを浴びて晩御飯を済ませると、ベッドの上でぐでーっと大の字に寝転んだ。

今日一日で溜まった疲労が、寝転がる俺の全身に一気に重くのし掛かって来ているように感じた。

――でも、今日は本当に楽しかったな。

三枝さんや清水さんとも仲良くなれたことが、俺は純粋に嬉しかった。

――ピコン。


スマホから、Ｌｉｍｅの通知音が鳴る。

その通知音に反応した俺は、眠い目をなんとか開きながらスマホを確認する。

『今日は楽しかったよ！　ありがとね！』

そのＬｉｍｅは、三枝さんからのものだった。

『私も楽しかった！』

『俺も！　また行こうぜ！』

そして、そんな三枝さんのＬｉｍｅに続いて、清水さんと孝之もすぐに返信をしていた。

――あぁ、俺も楽しかったよって返さないとなぁ……返さない……と……。


……。

しかし俺はそのまま、眠ってしまっていた。

ブー、ブーというバイブ音で、俺は目を覚ました。

なんだ？　目覚ましか？　と寝ぼけ眼（まなこ）でスマホを確認すると、表示されたボタンをタップして音を止める。

「あ、い、一条くん？」

ん？　今度は三枝さんの声がした気がするなぁ……。

「も、もしもーし！　聞こえてますかー？」

やっぱり声が……って、んんん!?

そこでようやく、俺の脳ミソが起きた。完全に起きた。

「え？　あ、三枝さん!?」

慌てて俺はスマホを取り、電話の声に応える。

さっきのバイブ音は目覚ましなんかじゃなくて、三枝さんからの通話の通知音だったのだ。

しかし、なんでいきなり通話なんてしてきてるんだ!?　と俺は更にテンパってしまう。

「よ、良かった。一条くん出てくれた……」

電話の向こうからは、何故かホッとした様子の三枝さんの声が聞こえてくる。

「ご、ごめん寝落ちしてたみたい！　な、なんかあった!?」

「あっ……寝落ち……そっか、そうだよねエへへ」

俺が寝落ちしてしまっていたことを告げると、何故か安心したように笑い出す三枝さん。

全く話が見えてこないのだけど、俺は寝ている間に何かしてしまったのだろうか？

「その、一条くんだけＬｉｍｅ返って来なかったから……」

「Ｌｉｍｅ？　あっ……」

三枝さんにそう言われて、俺はようやく気が付いた。

グループチャットを開いたまま寝落ちしてしまっていた俺は、意図せず既読だけ付けて無反応を決め込んでしまっていたようだ。

Ｌｉｍｅを見直すと、俺が寝落ちしてからもしばらくＬｉｍｅは続いており、三枝さんからは個別で俺宛に呼び掛けるようなＬｉｍｅまで届いていた。

「ご、ごめん！　返そうと思って文字打ってる途中に寝ちゃってたみたい！」

「そ、そそそうだよね！　ご、ごめんね変なＬｉｍｅ送っちゃって！」

「い、いや俺の方こそごめん！」

慌ててお互い謝り合う。

「でも、こうして三枝さんと通話するのは初めてだよね」

「え？　あ、う、うん！　でもごめんね、寝てたのに通話しちゃって……」

「いや、明日の支度とかまだ出来てなかったから、むしろ助かったよありがとう」

「いや、そんなわたしは……ありがとうってエヘへ……」

電話の向こうで嬉しそうに笑う三枝さん。

それにしても、通話していると耳元で三枝さんが語りかけてきているような感じがして、そんなことを考えたら途端に恥ずかしくなってきてしまう。

そもそも、あのスーパーアイドルしおりんと俺なんかがこうして通話していること自体、冷静に考えてあり得ないことだった。

「あ、あの、そ、そういうことで、じゃあまた……」

急に気恥ずかしくなった俺は、事情も伝わったことだしこれ以上は刺激が強すぎるため、通話を切ろうとした。

「あ、ま、待って!!」

しかし、俺が通話を終わらそうとしていることに気が付いた三枝さんは、待ってと通話を切らせてはくれなかった。

「あ、あの！　週末は用事ありますかっ!?」

「え？　週末？　えーっと、日曜日の夜はバイトだけど、あとは暇かな……」

「じゃ、じゃあ！　明日良かったら一緒に遊びに出掛けませんかっ!!」

週末の予定を答える俺に、三枝さんは思いきった様子でまさかの提案をしてきた。

——明日、一緒に出掛ける？

——俺が？　三枝さんと？

えええええええええええええ！！！！

三枝さんの言葉の意味を完全に理解した俺は、大袈裟ではなく本当に「ええええ！」と大きな声を上げてしまった。

「ダメ、かな？」

電話の向こうで、不安そうに聞いてくる三枝さん。

「い、いや、ダメじゃない……です……」

「よ、良かった……」

ダメなわけがない。

三枝さんに誘われて断る男なんて、多分この世にはいないんだから。

でもだからこそ、なんで俺なんかが誘われているのか全く心当たりがなかった。

「でも、俺なんかでいいのかな？」

何か理由があるにしろ、俺みたいな平凡な男子が相手で本当に良いのか聞いてみると、

三枝さんは少し間を空けてから、ギリギリ聞こえる小声で答える。

「一条くんが……いいんです……」

その答えに、まるでゆでダコのように一瞬で顔が真っ赤に染まっていくのが分かった。

「じゃ、じゃあ！　時間はまたＬｉｍｅするね！　おやすみなさいっ!!」

あまりの衝撃に固まっていると、上ずった声で三枝さんはおやすみを伝え、そのまま通話を切られてしまった。

――ピコン。

そして、また新たなＬｉｍｅの通知が届いた。

『明日十一時に、駅前のカフェ集合でお願いします！』

それは、三枝さんから早速送られてきた明日の予定だった。

そのＬｉｍｅを見て、俺はさっきのやり取りが夢ではなく現実だったことを再確認する。

こうして俺は、何故か明日、三枝さんと遊びに出掛けることになってしまったのであった――。

第四章　デート？

――十一時に、駅前のカフェ集合。

そのＬｉｍｅを再確認しながら俺は、一緒に送られてきたＵＲＬにあったカフェの前に来ていた。

腕時計を見ると、まだ時間は午前十時過ぎ。

今日はこれから三枝さんと遊びに出掛けるんだという緊張のせいか、無駄に早起きしてしまった俺は予定よりかなり早く駅前に来てしまったのだ。

まぁ、カフェの中でゆっくり待っていようと店の扉を開ける。

まだ早い時間のため、店内のお客さんは疎らだった。

しかしその中で、一人だけ放つオーラが全く異なる人物が、奥の席で優雅にコーヒーを飲んでいる姿が目に入った。

――そして案の定それは、三枝さんだった。

今日の三枝さんは、この前のライブの時と同じ丸形の大きいサングラスをかけ、ベージュのノースリーブワンピースの上に薄い茶色のカーディガンを羽織り、あとはカーディガンと同色系のバッグとパンプスという、とても高校一年生とは思えないような大人な装いを完璧に着こなしていた。

本人は変装しているつもりなのだろうが、なんていうか身に着けているモノ一つ一つの品がとても良く、お洒落過ぎて完全に芸能人のオフ感満載だった。

え？　俺今からあんな完璧女子と遊びに行くんですか？　と、合流する前から早速緊張で変な汗が流れ落ちるのを感じた。

そんな三枝さんも、Tシャツにデニムという至って普通の服装で来てしまった俺に気が付いた様子で、左手でコーヒーのマグカップを持ったまま、空いた右手を小さく挙げてこちらに振ってくれた。

俺もそれに手を挙げて応えたのだが、三枝さんの浮かべる笑みは若干ぎこちなく、マグカップを持つ左手はガタガタと震え、今にもコーヒーが溢れそうになっているのが俺は気になって仕方なかった――。

「ごめん、待たせちゃったかな?」

「い、いいいや、さ、さっき来たところだからっ！」

「そ、そう？　なら良かった」

俺は待たせてしまった三枝さんに謝りつつ、向かいの席へと腰をかけた。

やっぱりガチガチの三枝さんだが、もしこれで時間通り来ていたらこれから一時間近く待たせてしまうことになっていたから、早く来て良かったなと俺は胸を撫で下ろした。

向かいに座ってみると、今日の三枝さんはうっすらとお化粧をしていることに気が付いた。

その元々ぷっくりとした可愛らしい唇にはピンクのリップが塗られており、艶やかに潤っていた。

そんな今日の三枝さんは全く抜け目がない感じで、なんていうか本気さが感じられた。

大きいサングラスで顔を隠しているから、彼女がエンジェルガールズのしおりんだということはそう簡単にはバレていないだろうけれど、今目の前にいる彼女が飛び級の美少女だということは一目で伝わってくる程だった。

「い、いい一条くん！　きょ、今日のわたし、ど、どうかな？」

そんな完璧美少女は、顔を赤らめながら今日の自分はどうかと聞いてくる。

今日の私どうかなって？　そりゃもう……。

「とっても素敵だよ。正直これからこんな可愛い子と遊びに出掛けるんだって思うだけで、ヤバイぐらい緊張してるよ」

俺は恥ずかしさを誤魔化すように頬をかきながら、そう素直に思っていることを答えた。

すると、三枝さんは恥ずかしそうに更にその顔を赤くすると、そのまま俯いてしまった。

そして、

「……も……いいよ」

「え？　なんか言った？」

「う、ううん！　あ、ま、まだ時間早いしもうちょっとここでゆっくりしよっか！」

何かボソボソと呟いていたけれど、残念ながら三枝さんが何を呟いたのかしっかりと聞き取れなかった。

とりあえず、もう少しここでゆっくりしようとのことなので、俺もコーヒーを注文することにした。

しかし俺は、こんな美少女を前にして改めて何を話したら良いのか分からなくなってしまい、無言の時間が流れてしまう。

ちょっと気まずくて下を向いていた俺は、これじゃいけないと思い勇気を出して前を向くと、そこには同じく緊張した様子の三枝さんが……いなかった。

代わりにそこには、両手で頬杖をつきながら、少し緩んだ表情で嬉しそうに俺の顔をガン見している三枝さんの姿があった。

「さ、三枝さん？」

「あ、ご、ごめんなさい！　つい！」

ん？　つい？

ついで、俺の顔なんかをガン見するものだろうか……。

そんな一言に頭を悩ます俺のことなんてお構いなしに、三枝さんは何かを思い出したように「ウヘへ」とちょっと気持ち悪い笑い声を漏らしながら、鞄からゴソゴソと何かを取り出していた。

そして鞄から取り出したのは、黒のブレスレットだった。

「こ、これ、一条くんにあげる！」

「え？　い、いいの？」

「うん！　その代わり、今日一日それを着けててくれる？」

「あ、あぁ、いいけど」

そう返事をすると、三枝さんに貰ったブレスレットを俺は黙って右腕に巻いた。

これ、作りがしっかりしているし、きっと決して安くはないよな……と思いながらも、三枝さんからまさかのプレゼントを貰えたことが俺はめちゃくちゃ嬉しかった。

――でも、早起きした俺は知っていた。

今朝テレビ番組でやっていた、占いの結果を――。

『今日のてんびん座のラッキーアイテムは、黒のブレスレット！　これをしていると、異性との素敵な出会いがあるかも!?』

――うん、十月生まれの俺はてんびん座なんだよね。

前を向くとそこには、何かを期待するような感じで嬉しそうに微笑みながら、小さくガッツポーズをする三枝さんの姿があった。

こうして今日も三枝さんは、いつもとは違うベクトルで朝から挙動不審全開なのであった——。

カフェを出ると、今日は三枝さんが行きたい所があるということで、その目的地である都心へ向かうため電車に乗って移動することとなった。

俺達の住む街は、都心まで電車で一時間ちょっとぐらいの距離にあり、多少時間はかかるけれど遊びに行けなくはないのだ。

電車の中では、当然俺は三枝さんの隣の席に座っており、三枝さんからは柑橘系の良い香りが漂ってきて、正直それだけでもうかなりヤバかった。

でも、昨日の遠足やカラオケの思い出話なんかで意外と話は広がり、話題に困らなかったのは救いだった。

時折俺が孝之のことで冗談を交えて話すと、おかしそうにコロコロと笑ってくれる三枝さんは本当に可愛いし、何より俺の話で笑ってくれていることが嬉しかった。

しかし、こうして電車に揺られていると、どうしてもたまに肩と肩が触れ合ってしまうことがあり、何度触れ合っても俺は慣れることなく、その都度ドキドキしてしまう。

あのスーパーアイドルしおりんとこうして出掛けているだけでも意味不明なのに、そんなしおりんとこうして肩が触れ合っているんだから、ドキドキしない方がおかしな話ってもんだ。

まぁそれを言ったら、バイトしている時にお釣りを渡す俺の手を三枝さんは両手で包み込んでくるわけだけど、あの時は仕事中なのと、何より挙動不審な三枝さんが気になり過ぎてそれどころじゃないというか、思い返せばそれは全然平気だったことに今更ながら気が付いた。

肩どころか手と手が触れ合っているのに、なんだよそれって我ながらおかしくなって、思わず笑えてきてしまった。

そんな隣で思い出し笑いをする俺の顔を、ちょっと頬を赤く染めた三枝さんが不思議そうに横目で見てきていた。

そして、三枝さんは急にハッとしたかと思うと、突然アワアワとし出して、それからガチッと前を向いて固まってしまうのであった。

そんな挙動不審な三枝さんに、「ごめん、思い出し笑いしただけだから」と伝えると、三枝さんは途端に恥ずかしそうに顔を真っ赤にしていた。

「なんだもう、ドキドキしてるのがバレたかと思ったよ」

気の抜けた様子で、そう恥ずかしそうに呟く三枝さん。

何にドキドキしていたのかは不明だが、それを言うことでドキドキしていたことがバレてしまっていることに全く気が付いてない三枝さんに、俺はまた笑ってしまうのであった。

――ん？　ドキドキ？

◇

「ねぇ、あの娘ちょっとしおりんに似てない？」

電車に暫く揺られていると、次第に車内の人は多くなってきており、向かいに座る女の子達がヒソヒソと話す声が聞こえてきた。

その声に俺はドキッとしたのだが、当の三枝さんはというと、同じく聞こえているはずだけど全く気にする素振りは見せなかった。

こういうのには慣れているのだろう、余裕の態度だった。

「まさかぁ、確かに可愛いけどこんな所にいるわけないでしょ」

「それもそっか。にしても可愛いね、あーあ、私もあんな風に生まれたかったー」

そう言って笑い合う女の子達。

まさかしおりんがこんな所にいるわけがないと、無事に正体はバレずに済んだようだった。

でもそっか――。

俺も気を付けないと、既に引退していると言っても元エンジェルガールズのしおりんが、俺なんかと一緒に出掛けていることが世間にバレてしまうのはどう考えても不味いよな――。

俺は改めて、発言など諸々気を付けようと気持ちを引き締め直した。

でも、それじゃあ何て呼べばいいのだろうか？

三枝さんは本名でアイドル活動をしていたから、名字でも名前でも駄目な気がする。

そんな俺の考えは、どうやら三枝さんにも伝わってしまっていたようだった。

三枝さんはスマホで何かを入力しだしたかと思うと、ピコンと俺のスマホの通知音が鳴る。

俺はスマホを確認すると、画面にはたった今三枝さんから送られてきたＬｉｍｅのメッセージが表示されていた。

『しーちゃんって呼んで』

えーっと……これは？

そう思い隣を向くと、そこには小悪魔っぽい笑みを浮かべる三枝さんがいた。

そして、今か今かと『しーちゃん』と呼ばれるのを待っているのが犇々と伝わってきた。

そ、そうか、そんなに呼ばれたいのか……じゃあ……。

「分かったよ、その……しーちゃん」

観念して俺がそう呼ぶと、三枝さんは少し上ずった声で「はい！」と返事をし、その顔は一瞬にして真っ赤に染まっていた。

そんなに恥ずかしいなら止めとけば良かったのにと思いながらも、自ら墓穴を掘る三枝さんが面白可愛くて、俺は思わず笑ってしまうのであった。

ちなみにそれからの俺は、目的地の駅に着くまでわざと『しーちゃん』と呼びながら会話をした。

三枝さんは、しーちゃんと呼ばれる度にアワアワと恥ずかしそうにしながらも嬉しそうに微笑んだりしていて、その挙動不審な反応がとにかく可愛くて面白かった。


目的の駅に到着すると、土地勘のある三枝さんは「こっちだよ」と人混みの中どこかを目指して、迷いなくどんどんと先を歩いて行く。

今日は一日、俺は三枝さんの行きたい場所へ付き合うことを約束している。

だから俺は、今三枝さんがどこに向かって歩いているのかとても楽しみだった。

あのスーパーアイドルしおりんのプライベートに密着しているのだ、気にならない方がおかしいってもんだ。

そうして駅を出て暫く歩いていると、三枝さんは大通りから脇道へ一本入った所にあるお店の前で立ち止まった。

「一条くん、ちょっとこのお店見ていってもいいかな？」

「ん？　うん、しーちゃんが行きたいなら付き合うよ」

申し訳なさそうにお願いしてくる三枝さんに、俺は付き合うよと二つ返事でオッケーした。

当然、しーちゃんと呼ぶことを忘れずに。

すると三枝さんは、頬を赤く染めながら「うん、ありがとね」と恥ずかしそうに微笑むと、そのままぎこちない足取りで逃げ込むようにその路面店へと入っていった。

こんな大都会の中でも、挙動不審ムーブは健在の三枝さん。

どうやら、まだしーちゃん呼びされるのには慣れておらず恥ずかしいようだ。

でも俺は、言う度に照れる三枝さんが面白可愛いから、今日一日しーちゃん呼びを絶対に止めるつもりはなかった。

そもそもこれは、エンジェルガールズのしおりんだとバレないためでもあるのだから、仕方ないことなのだ。

三枝さんに続いてそのお店の中へと入ってみると、店内はお洒落な洋服店だった。

置かれている洋服の中には、見たことのある海外のブランドも並べられており、どうやらここはインポート物のセレクトショップのようだ。

「あら？　もしかして紫音ちゃん？　ウッソ！」

「お久しぶりです！　来ちゃった！」

レジカウンターの所から、三枝さんに気付いた店員の女性……ではなく、男性が駆け寄ってきたかと思うと、そのまま三枝さんと両手を取り合いながら嬉しそうにブンブンと振っていた。

そんな店員さんは、細身で色白の中性的な目鼻立ちをした男性で、こんなお店をやっているだけあって服装もとてもお洒落だった。

「あら？　ていうか何？　もしかして彼ピ？」

「ち、ちちちがうよ!?　ク、クラスメイトの一条くんだよ！」

「あらあら、ふぅーん」

「な、なに？」

「まぁいいわ、彼も中々素材良いじゃなぁーい」

そう言うと店員さんは、俺の両手も取ってブンブンと振りながら「私はこの店をやっているケンちゃんよ、宜しくね！」と自己紹介してくれた。

俺はそのキャラの濃さに圧倒されながらも「一条です。こちらこそ宜しくお願いします」となんとか返事をした。

「うちメンズ物も置いてあるから、ちょっと着てみる？」

そう言うとケンちゃんは、俺の手を取りそのままメンズコーナーへと連れてきた。

そしてそのまま俺は、店に置かれた服をあれこれ当てられながらケンちゃんに全身コーディネートをされるのであった。

こうして俺は、三枝さんの買い物に付き添って来ただけのはずが、何故かそのまま全身着替えることになってしまった。

「はい、じゃあそこで着替えてきてね！」

ケンちゃんに全身コーディネートされた服を渡され、俺はそのまま更衣室へと入れられた。

まぁ別に着るぐらい良いかと、観念して俺はその服に着替えることにした。

「どう？　着替え終わった？」

「ええ……まぁ……」

ケンちゃんの声に答えて、着替え終えた俺は更衣室から出た。

「あらまぁ」

「い、一条くん……！」

すると、ケンちゃんは満足そうに頷き、三枝さんは両手を口元に当てながら驚いていた。

「……な、なんか変でしたかね？」

その二人のリアクションに心配になった俺は、恐る恐る二人に問いかける。

「何言ってるのよ、バッチリすぎて紫音ちゃんは驚いてるだけよ！」

そ、そうなの、か？

だったらまぁ、嬉しいんだけど……。

改めて俺は、鏡に映った自分の姿を確認する。

Vネックの白の無地Tシャツの上に、デニムやペイズリー柄の生地が交ざったパッチワークのウエスタンシャツ。そしてテーパードが効いた黒のジャージ生地のパンツを穿いている。

元々今日履いている白のローカットのスニーカーに合うようにとケンちゃんにコーディネートして貰った今の自分は、絶対に自分じゃ合わせられないような派手めな服装をしていた。

でも、普通なら絶対選ばないようなこんな柄の主張が強いシャツでも、実際に着てみるとそれ程違和感はなく、またパンツも元々穿いていたストレートのジーンズより足が細く見えて、むしろとてもスッキリとした印象に変わっていた。

ファッションって全身のバランスが大事なんだなと、鏡に映った自分を見ながら染々と実感した。

それにしても、このお洒落男子が自分だなんて、未だに全く信じられないな……。

「どう？　紫音ちゃんも何か言ってあげなさい？」

「あ……一条くん、とってもその……カッコイイ、よ……？」

ケンちゃんに背中をポンと叩かれた三枝さんは、アワアワと恥ずかしそうにしながらも、俺の服装を褒めてくれた。

まさか、三枝さんの口からカッコイイなんて言葉をかけて貰えるとは思わなかった俺は、嬉しさと恥ずかしさで顔を真っ赤にしながら「じゃあこれ、せっかくなんで買っていきます！」とケンちゃんに伝えた。

ケンちゃんはニッコリと微笑みながら「あら、いいの？　ありがとね！　紫音ちゃんのお友達だし安くしといてあげるわね」とそのままお会計をしてくれた。

普段買っている洋服よりは当然高かったけれど、バイト代で買えなくはない値段だったし、何よりそこから結構値引きしてくれたおかげでかなり良い買い物が出来た。

どうせならそのまま遊び行っちゃいなさいよ！　ということで、俺は今買った服装のまま今日一日過ごすことになった。

「ハハ、ごめんね！　しーちゃんの買い物のはずなのに、俺が先に買い物しちゃったよ」

「ううん！　とっても似合ってるよ！」

俺は自分ばっかりごめんねと伝えると、三枝さんはニッコリと微笑みながらまた褒めてくれたのが嬉しかった。

「しーちゃん、ねぇ?」

俺が三枝さんのことをしーちゃんと呼んだことを、ケンちゃんは聞き逃すことなくニヤニヤと微笑んでいるのであった。

「じゃあわたしはこれ着てみようかな!」

三枝さんは、お店に置かれた白地に花柄模様のマキシ丈ワンピースを手に取り、更衣室へと入って行った。

そして、着替えを終えて更衣室から出てくる三枝さん。

「ど、どうかな……?」

そう言って三枝さんは、恥ずかしそうに俺の顔を見ながら尋(たず)ねてくる。

どうかなって、そりゃもう……。

「最高です!」

俺は親指を一本立て、ニッコリと微笑みながらそう即答した。

ワンピースを一着着ているだけなのに、三枝さんが着るとその全てが完成されているようだった。

その姿はまるで、映画とかで見るお姫様のように可憐で、そして美しかった。

隣を見ると、ケンちゃんも顎に手を当てながらうんうんと満足そうに頷いていた。

「じゃ、じゃあ今日はこれ買っちゃおうかな」

俺達二人の反応を見て、三枝さんは恥ずかしそうに顔を真っ赤にしながらも、そのワンピースを買うことに決めていた。

クルクルと回りながら、鏡に映ったワンピースを着る自分の姿を満足そうに確認する三枝さんは、やっぱりとにかく可愛かった。

◇

お互いに買い物を済ませた俺達は、それからケンちゃんと少し話をしたあと店をあとにした。

「ありがとねー！　また一緒にいらっしゃーい！」

ケンちゃんは表にまで出て手を振って見送ってくれたから、俺達も手を振り返しながらお別れした。

「面白い人だったね」

「でしょ？　昔からお世話になってるんだ」

どうやら、ケンちゃんはお店の経営の他にもスタイリストをしているようで、エンジェルガールズのテレビ出演時の衣装を担当することもあり、その時三枝さんとケンちゃんは意気投合して仲良くなったのだそうだ。

「もうお昼時だし、そろそろご飯にしよっか？」

「そうだね、でもどこがいいかな？」

「すぐ近くに良いお店があるから、そこに行かない？」

そう言いながら楽しそうに微笑む三枝さんを見て、俺は少しほっとした。

最初は俺なんかが相手で本当に良かったのかなと正直不安だったけど、三枝さんがこうしてずっと楽しそうにしてくれていることが俺は嬉しかった。

だからもう『俺なんかが』なんて考え方していたら駄目だよな。

俺は、気持ちを入れ替えるように微笑みながら「いいよ、そこに行こっか！　案内してくれる？」とハッキリと返事をした。

よし、今日はもう目一杯俺も楽しもう。

人を楽しませるなら、まずは俺自身が楽しまなくちゃだからね。

◇

三枝さんに連れられてきたのは、ケンちゃんのお店の本当にすぐ近くにあるイタリアンのお店だった。

店のテラスにはいくつか席が用意されており、外で風を感じながら美味しいイタリアンを食事出来るということで、どうやら若い女性を中心に人気のお店のようだ。

今日は天気もいいから、せっかくだからと俺達はそのテラス席へと案内して貰った。

「ここ、前にメンバーと食べに来て美味しかったんだ」

「へぇ、そうなんだね」

メンバーというのは、勿論エンジェルガールズのメンバーのことだろう。

流石は大都会、こんな何気ないお店にも芸能人が出入りしてるんだな。

というか、周りはそれに気付かないものか？　と思ったけれど、周りを見回すと店内の席は様々な若い男女で埋まっており、この中のどこに芸能人がいるかなんて探すだけ無駄に思えた。

そもそも、それを言うなら今、俺の目の前にはしおりん本人がいるわけだけど、周りの人は全く気付く様子もないから、世の中意外とそんなもんなんだなと納得した。

そんな有名人であるしおりんこと三枝さんは、メニューを見ながら何を食べようか楽しそうに迷っていた。

「ねぇ、一条くんはどれにする？」

「ん？　俺はそうだね、あっさりしたのがいいから、このボンゴレビアンコってのにしようかな」

「あ、いいね！　じゃあ私はー……うん！　このペスカトーレにしようかな！」

こうしてメニューを決めた俺達は、手を上げて店員さんを呼び注文を済ませた。

今日は本当に天気が良く、空を見上げると雲一つない空が心地よかった。

「今日は本当にありがとね」

「こちらこそ。買い物も出来たし楽しんでるよ！　ありがとう」

「そ、そっか」

俺の言葉に、三枝さんは恥ずかしそうに頷く。

「じゃ、じゃあまた……誘ったら来てくれる？」

「う、うん、勿論。ケンちゃんのお店にもまた行きたいしね」

恥ずかしそうに尋ねてくる三枝さんに、俺は素直に返事を返した。

すると三枝さんは、パァッと明るく微笑んだ。

それはサングラス越しであっても、十分過ぎる程可憐で可愛らしい微笑みだった。

なにより、一緒に出かけることに嬉しそうにしてくれていることが嬉しくて、俺も自然と笑みが零（こぼ）れてきてしまう。

確かに三枝さんは、この間までアイドルをしていて、その見た目もあり得ないぐらい可愛らしい超絶美少女だ。

でも俺は、それ以上にこうして三枝さんと共に過ごす時間はとにかく楽しくて、そして気が付けば大好きになっていた。

そんな気持ちが、俺の中ではもうハッキリと根付いている。

だから俺は、更に言葉を付け足すことにした。

「あー……それに、俺もしーちゃんとこうして出掛けたりするのがその、楽しいし、す、好き、だよ？」

気持ちを素直に言葉にするのは流石に恥ずかしくて、俺は頬を指でかきながらそっぽを向いてそう伝えた。

全然上手く言えなかったけれど、それでも俺は三枝さんと一緒だから楽しいんだよっていう気持ちを、どうしてもちゃんと伝えておきたくなったのだ。

しかし、言ってしまったのは良いが三枝さんからの返事がない。

不安になった俺は、ちらっと横目で様子を窺う。

するとそこには、いつもの赤面や挙動不審になる三枝さんではなく、ぼーっと固まってしまっている三枝さんの姿があった。

な、なんだ？　と初めてのパターンに戸惑う俺。

「さえ……じゃなくて、しーちゃん？」

「へ？　あ？　ごめん」

俺が呼び掛けると、ようやく三枝さんはこっちの世界へと帰ってきた。

しかし、その頬はピンク色に染まっており、相変わらずキョトンとした様子だった。

そんな俺達のもとへ丁度、先程注文した料理が届けられる。

ナイスタイミング！

「さ、冷めちゃうからとりあえず食べよっか」

「う、うん」

こうして俺達が気を取り直して食事をしていると、自然と三枝さんも調子を取り戻してきたようで、食べ終わる頃にはいつも通りに戻っていた。

「美味しかったね」

「そうだね。ねぇ、一条くん？」

「ん？　どうした？」

食事を終えたところで、三枝さんは改まった様子で俺に話しかけてきた。

「――私は、ちょっと不公平だと思うんです」

「不公平？」

「うん、一条くんは私のことをしーちゃんって呼んでくれるのに、私は名字で呼んでいるままなことが」

「あぁ、なるほど……」

まぁ、そう言われればそうかもしれない。

別に俺はそれでも全然構わないんだけど。

「……たっくん」

「へ？」

「今日から、たっくんって呼ぶね」

「え、いや、それは」

「もう決めたから。宜しくね、たっくん？」

両手で頬杖をつきながら、ニッと笑みを浮かべて楽しそうに『たっくん』と呼んでくる三枝さん。

これは俺のしーちゃん呼び攻撃への仕返しのつもりなのだろうか。

だとしたら大正解だ。

俺はその恥ずかしさのあまり、顔が真っ赤になってしまったのだから――。

食事を終えた俺達は、最後に三枝さんが観たい映画があるとのことで、一緒にその映画を観ていくことにした。

「たっくん！　こっち！」

相変わらずの人混みの中、こっちと案内してくれる三枝さん。

そして、その呼び方は「一条くん」から「たっくん」に変わっていた。

呼ばれる側になって理解した、このアダ名呼びが相当恥ずかしいということを。

別にきっと、昔からの友達とか幼馴染(おさななじ)みとかならまだ大丈夫なのだろう。

けれど、この間まで国民的アイドルだった三枝さんにそう呼ばれるのは、なんていうか浮世離れしているというか、普通じゃ有り得ないその距離感がとにかく恥ずかしかった。

それから俺達は、少し歩くと映画館へ到着した。

そこの映画館は商業施設とホテルが併設されており、これが映画館とは思えないような一つの大きな建物になっていた。

俺達はそのまま映画館の中に入ると、それから三枝さんの観たかったという映画のチケットを購入する。

購入したチケットには『伝える想いと、縮まる距離』という恋愛映画のタイトルが書かれていた。

この映画は、なんと言ってもエンジェルガールズのリーダーであるあかりんこと新見彩里が主演ということで、今話題の作品だ。

あかりんは、アイドル活動とは別に子供時代から女優としても活動しており、その演技力は若手女優としても今最も注目を集めているのだ。

だから決して、人気アイドルだからキャスティングされているとかそういうわけではない。

なるほど、だからこれを観たかったのかと思い三枝さんを見ると、少し頬を赤らめながら楽しそうに微笑んでいるのであった。

俺達は、極力人が近くにいない端の席を選ぶと、ドリンクを買って席についた。

そして、劇場が暗くなりCMが流れ出したところで、三枝さんは「フゥ、やっと外せるよ」とかけていたサングラスを外した。

たしかに、室内でもずっとサングラスをかけてないといけないのは辛いよねと、俺は有名人は有名人なりに大変なことを思い知った。

だから俺は、そんな大変だった三枝さんを和ませるつもりで小声で話しかける。

「大変だったね。でもこれで、映画の間だけはしーちゃんの顔が良く見えるから良かったよ」

労（ねぎら）うつもりで、俺はそんな冗談を混ぜつつニッと笑って話しかけると、何故か三枝さんはガバッとこっちを向いてきた。

その顔は、モニターの明かり越しでも赤いのが分かる程真っ赤だった。

「だ、駄目だよ？　映画に集中しないと？」

「アハハ、間違いないね。そうするよ」

自分じゃなくて、映画をちゃんと観ようと言う三枝さん。

だから俺も、確かにその通りだと笑った。

「で、でも、たまにはこっちも見て欲しいかな……」

笑う俺に、三枝さんは恥ずかしそうに俯きながらそう呟いた。

そして予想外のその言葉に、俺はハハハと笑ったまま固まると、同じく顔を真っ赤にするのであった。


映画が始まった。

『伝える想いと、縮まる距離』。

これは元々、人気少女漫画を実写化した作品となっている。

主演のあかりんが可愛すぎると、クラスでもそんな会話が聞こえてくる程、今大人気上映中の作品だ。

内容は、主人公の男の子とヒロインの女の子が、お互い好き同士なのにすれ違い続けてしまっており、そんな互いの気持ちに気付いている共通の友達のサポートもあって、最終的に二人は結ばれるという恋愛ストーリーだった。

　主人公は平凡な男子高校生なのだが、ヒロインの女の子は現役アイドルをしているという身分差が、二人の距離を遠ざけていた。

　しかし、アイドル活動が理由で転校することになってしまったヒロインに向かって、主人公は周りのサポートもあってなんとか自分の想いを伝えることが出来、そして無事に二人は付き合うことになる。

　その後ヒロインは本当に転校してしまうのだが、どれだけ距離が離れていても、もう二人の距離は前よりも縮まっているし何があっても大丈夫という、なんとも甘い恋愛ストーリーだった。

　俺はそんな恋愛ストーリーを観ながら、ヒロインがアイドルってなんだか三枝さんとも重なる部分があるよなと思った。

　もし、三枝さんも転校してしまうことになったら、俺はどうするんだろう？　なんてことをちょっと想像してみたけど——無理だった。

　せっかくここまで仲良くなって、今だって一緒に映画を観ている程仲良くなれたのに、そんな三枝さんがどこか遠くへ離れて行ってしまうなんて、正直考えただけでもキツかった。

　隣を見ると、三枝さんの目にはうっすらと涙が浮かんでいた。

　あかりんの演技は流石の一言で、恋に悩む女の子の感情がリアルに映し出されていた。

俺もそれが演技なことを忘れ、感情移入して泣きそうになってしまうぐらい、本当に素晴らしかった。

◇

映画館を出て、出口に向かって二人で歩く。

しかし、さっき観た映画の余韻のせいか、三枝さんは少し俯きながら黙って隣を歩いていた。

「……たっくんは、転校したりしない、よね？」

急に立ち止まると、そう小さく呟く三枝さん。

俺？　逆じゃない？　と思ったけれど、三枝さんの様子を見て俺はそんな軽口は叩けなかった。

それに、さっき俺も同じことを考えてしまっていたのだ――。

だからこそ俺は、三枝さんの顔を真っすぐに見つめながら返事をする。

「大丈夫だよ、転校なんかしないよ」

俺の言葉に、三枝さんはほっとしたように「良かった」と微笑んでくれた。

そして、

「私も、転校なんて絶対しないよ。そのために……アイドルだって辞めたんだから……」

その言葉に、俺は自分の中で一気に感情が込み上げてくるのを感じた。

これは、今さっき恋愛映画を観たせいもあるのかもしれない。

しかし、理由はどうあれ目の前で微笑む三枝さんの姿を前に、この気持ちはもう収まらなかった。

——でも、そのためにアイドルを辞めたってどういうことだ？

やっぱり三枝さんは、学業以外の理由でアイドルを辞めたということだろうか。

そんなことまで気になってしまい、俺は自分の中の気持ちがぐちゃぐちゃになってしまう。

「さ、さぁ！　もう時間も遅いし、は、早く帰ろう！」

どうやらそれは三枝さんも同じだったようで、テンパった様子で俺の手を取ると、そのまま俺の手を引っ張りながらエレベーターへ向かってズンズンと先を歩き出した。

俺は手を引っ張られながらも、目の前でズンズンと歩いていく三枝さんを見ていたら、なんだか急におかしくなって思わず吹き出してしまう。

そして、笑ったらさっきまでのぐしゃぐしゃした気持ちはどこかへ消え去り、代わりに違った感情が込み上げてくる。

——こんなに面白くて挙動不審で可愛い三枝さんとの時間を、今はもっと大切にしよう。

だから、

「面白かったね！　また絶対、遊びに来ようね！」

俺は微笑みながら、三枝さんの手を強く握り返した。

急に手を握り返された三枝さんは、一度ビクッと驚いたけど、すぐに笑顔で「うん、絶対ね！」と返事をしてくれた。


——絶対、だからね。

噛み締めるように再びそう呟く三枝さんの頬は、ほんのりと綺麗なピンク色に染まっていた——。

◇

日曜日。

昨日のとても濃かった一日が嘘のように、俺はまたいつも通りの日常へと戻っていた。

いつも通りバイトへ出勤すると、今日も今日とてコンビニのレジ打ちに勤しんでいる。

――ピロリロリーン。

コンビニの扉が開くメロディーが店内に流れる。

俺はその音に反応して「いらっしゃいませ～」と声をあげ、そして入ってきたお客様の姿を確認する。

するとそこには、今日もいつも通りの不審者スタイルをした三枝さんの姿があった。

俺と目が合った三枝さんは、慌てて被っているキャスケットのツバを摘まんで顔を隠すと、さささっと雑誌コーナーへと移動した。

昨日あれだけ距離が近付いたっていうのに、恥ずかしいのか何なのか、以前と何も変わらず挙動不審なままの三枝さんに思わずクスリと笑ってしまう。

こうして今日も俺は、バイト中の密かな楽しみになっている『三枝さんウォッチング』が無事に出来そうなことに満足する。

まず三枝さんは、ガバッと一つの雑誌を手にすると、ペラペラとページを捲(めく)り出した。

そのページを捲る速度はとても速く、あの速度では恐らく何も内容が頭に入ってはいないだろう。

そしてすぐに雑誌を読み終えてしまった三枝さんは、二つ目の雑誌に手を掛けると、また同じようにペラペラとページを捲り出した。

何をしたいのか全く分からないが、とりあえず別に雑誌を読みたいわけではなさそうだということだけは分かった。

すると、突然ピタッと動きを止めたかと思うと、その顔が途端に真っ赤になっていくのが分かった。

何事だ？　と思い、手に持っている雑誌を目を凝らしてみると、そこには際どいグラビア写真がでかでかと載っているようだった。

恥ずかしそうに慌てて雑誌を棚に戻す三枝さんは、気を取り直すように一度大きく深呼吸をする。

そんな恥ずかしがる三枝さんの仕草は面白可愛くて、俺は見ているだけでとても癒された。

それから、気を取り直した三枝さんは買い物カゴを手にすると、プリンとカップケーキとタピオカミルクティーを入れて早歩きでレジへとやってきた。

今日は全部甘いものかぁと思いながらも、俺は平静を保ちつつピッピッと商品を集計していく。

しかし、さっきの雑誌のことが恥ずかしいのか、集計をしている間もずっと俺の顔をガン見して様子を窺ってくる三枝さんが気になって仕方なかった。

変装と言っても、三枝さんと会うのは昨日の今日だし、この距離なら普通に相手が三枝さんだってことは流石に丸分かりなんだけど、本人は変装して別人のつもりなのだろうから、バレバレだよ三枝さんという気持ちをぐっと堪え、俺は気付かないフリを続けた。

「い、以上で五百三十二円になりま――」

「はい！」

俺が言い終えるより前に、案の定財布から千円札を一枚差し出してくる三枝さん。

そして何が楽しいのか、その瞳はどこかキラキラとしているようだった。

とりあえず、やっぱり今日も小銭を出すつもりはなさそうなので、俺はその千円札を受けとるとそのまま会計を済ませてお釣りを手渡した。

すると、これまたいつも通りお釣りを差し出す俺の手を、両手で包み込みながら大切そうにお釣りを受け取る三枝さん。

「あっ」

そう小さく声をあげた三枝さんは、今日も俺がしおりんのリストバンドをしていることに気が付いた様子で、嬉しそうにじっとそのリストバンドを見つめてきた。

「あの、お客様？　その、そろそろ手を……」

その間もずっと手を包まれたままだった俺が、恥ずかしさを隠しつつ三枝さんにそっと声をかけると、はっとした様子の三枝さんは慌ててお釣りを受け取って財布にしまい「ご、ごめんなさい！」と頭を下げて、そのまま恥ずかしそうにコンビニから出て行ってしまった。

俺はそんな、今日も安定して挙動不審だった三枝さんの背中を見送りつつ、思わず吹き出してしまった。

昨日はあれだけ一緒に過ごしたっていうのに、良いのか悪いのか何も変わっていない三枝さんに、どこかほっとしている自分がいた。

どうやら、バイト中の楽しみはこれからも継続出来そうで安心した。

月曜日。

今日からまた一週間、学校へ通う日々が始まる。

昨日夜更かししてしまった俺はちょっとだけ寝坊をしてしまい、遅刻はしないがいつもより大分遅い時間に登校した。

教室へ入ると、既に多くのクラスメイト達が登校してきており、孝之も先に席へと着いていた。

「おはよー」

俺は孝之に向かって挨拶しつつ、自分の席へと腰かける。

「おう、おはよー卓也！」

俺の挨拶に対して、ニカッと笑って挨拶を返してくれた孝之は、今日も爽やかナイスガイだった。

ジーッ。

「今日は遅かったな？」

「あぁ、ちょっと寝坊しちゃってさ」

「卓也が寝坊なんて珍しいな」

なんて俺達は、朝から他愛（たわい）のない会話を続ける。

ジ――ッ。

「あぁ、昨日は夜中までゲームやり過ぎた」

「ゲームっていうと、この前言ってたあれか？」

「おう、結構ランク上がったわ」

そう、俺は最近始めたスマホのソシャゲにまんまとハマってしまい、昨日も夜中までプレイしてしまっていたのだ。

こういう無制限に遊べるゲームは、時間感覚がなくなってしまうから危ない。

ついつい熱中していると、気が付いたら日を跨いでしまっていたのだから自分でも驚きだ。

ジ――ッ。

「そうか、ところで卓也さ……」

「……あぁ」

気まずそうにチラチラと目配せをする孝之に、俺も歯切れの悪い返事を返す。

ジ――――ッ。

観念した俺は、孝之との会話を一度中断させると、さっきからこっちに熱い視線を送ってくるお隣さんの方に向いた。

「……えーっと？　おはよう、三枝さん」

俺は、視線を送ってくるお隣さんこと三枝さんに向かって、後れ馳せながら朝の挨拶をした。

しかし三枝さんは、頬っぺたをパンパンに膨らませて、露骨に不満そうな表情を浮かべる。

確かに挨拶もせずに孝之と話し込んでしまったのは悪かった。

でも、そこまで不機嫌になります？　というのが正直なところだ。

「……」

挨拶をしたものの、三枝さんからの返事は返ってこない。

俺の挨拶を無視するようにぷっくりと膨れたままの三枝さんは、変わらずジーッとこっちを見てくるのであった。

――な、なんなんだ？

朝から謎すぎる三枝さんを前に戸惑う。

孝之に助けを求めて視線を送るも、俺にも分からんとお手上げのジェスチャーで返事をされた。

ですよねー、と俺は心の中で同意すると、諦めて再び風船のように膨れた三枝さんと向き合うことにした。

理由は全然分からないものの、とりあえずぷっくり膨れた三枝さんは、なんだかハムスターのようで今日も朝から大変可愛らしかった。

だからこれが自分に向けられたものでなければ、暫くニコニコと眺めていられたかもしれない。

「……しーちゃん」

ようやく口を開いてくれた三枝さんは、そう小さく呟いた。

しかし、そのたった一言の衝撃に、俺は動揺を隠せない。

「いや、待って三枝さん、そ、それはあの日だけの――」

「しーちゃん」

俺の言葉を遮るように、しーちゃん一点張りの三枝さん。

どうやら譲ってくれる気は更々ないようだ。

そんな俺達のやり取りに、孝之は「しーちゃん?」と首を傾げながら不思議そうに呟いていた。

とりあえずここは、どうやら三枝さんをしーちゃん呼びしないと許してはくれなそうなので、諦めた俺は改めて三枝さんに朝の挨拶をし直す。

「……分かったよ。その、おはよう、し、しーちゃん？」

教室内で、ついに俺は言ってしまった。

クラスのアイドルどころか、この間まで国民的アイドルとして活躍していた三枝さんを『しーちゃん』呼びするなんて、確実に目立ってしまうよなと俺はこれからの学校生活が不安になってくる。

しかし、当の三枝さんはというと、そんなこと露しらずといった感じで、さっきまで膨れていた顔が一瞬でパァッと明るくなり、嬉しそうに満面の笑みを浮かべているのであった。

「うん！　おはよう、たっくん!!」

そして案の定三枝さんは、俺に向かってニッコリと微笑みながら、『たっくん』呼びで元気良く挨拶を返してくれたのであった。

その結果、そんな三枝さんの一言に驚いたように、教室内の視線が一斉に俺達の方へと向けられる。

目の前の孝之までも、「た、たっくん!?」と驚いたように呟いていた。

まぁ、そりゃそうだよな。

これまで誰が相手でも一定の距離を保っていた三枝さんが、突然俺なんかを『たっくん』呼びしているのだから、みんなのリアクションが正しい。

——まぁでも、仕方ないか。

土曜日、俺は散々三枝さんのことをしーちゃんって呼んでいたのだ、それで今更この状況にあーだこーだ言うのは違うよな。

——うん、しーちゃんたっくん、仲良し上等！

そう腹を括った俺は、たかがアダ名呼び一つで注目を浴びてしまっているこの状況がなんだかおかしくなってきてしまい、思わずフッと笑みを浮かべてしまう。

三枝さんの影響力、凄すぎだろと。

だから俺は、ニコニコと笑みを浮かべている三枝さんに向かって、改めて話しかける。

「その……土曜日は楽しかったね、しーちゃん」

「うん！　また行こうね！　たっくん！」

俺の言葉に、嬉しそうに返事をしてくれる三枝さん。

そして、そのやり取りに「えええええええ!?」と一斉にざわめくクラスメイト達。

もうなるようになれと開き直った俺を見ながら、孝之と少し離れた席に座る清水さんは楽しそうに微笑んでいるのであった。

第五章　テスト勉強

昼休み。

朝のやり取りにより、案の定クラスを飛び越えて全校生徒から噂の的になってしまっている俺は、早速様々な感情による視線を集めてしまっていた。

それはある程度予測はしていたけれど、やはり三枝さんを取られたと思っているのか、嫉妬や憎悪といった負の感情によるものは少なからず存在した。

しかし、それと同時にこれは予想していなかったことなのだが、主に女子達からは憧れや羨望（せんぼう）、それから安堵したような眼差しも少なくはなかったのだ。

三枝さんがいない隙に、どうやって三枝さんと仲良くなったのかと話しかけてくる人までおり、好意的な反応も割とあったことに正直俺は安堵していた。

これまで特定の友達を作っていなかった三枝さんに対して、クラスや学年に馴染めているか本当に心配してくれている人も少なくなかったのだ。

なんて、優しい世界なんだろうか。

そんな優しいクラスのみんななら、きっと三枝さんともすぐに友達になれるよと思った。

そして最後に、俺に向けられる視線はもう一つあった。

それは、キラキラと目を輝かせ、まるで今まで我慢していたものをようやく全て解き放つことが出来るとでもいうような、ルンルンとした楽しそうな視線の圧――。

まぁこれは当然一人しかいなくて、隙あらば隣の席から向けられてくる視線なんだけど、他のどの視線よりも俺は気になって仕方がなかった。

「ねぇ、わたし達も一緒に食べてもいいかな？」

昼休みということで、今日も一緒に弁当を食べようとする俺と孝之に向かって、三枝さんは満面の笑みを浮かべながらそう話しかけてきた。

『わたし達』というのは、三枝さんの隣で自分のお弁当をちょこんと掲げながら、こちらに会釈をする清水さんのことだろう。

「おう、勿論構わないぜ、なぁ卓也」

「うん、一緒に食べよっか」

クラスの二大美少女に誘われているのだ。

そんな誘いを断る男子なんかこの学校にいるわけがなく、当然俺達もその例からは漏れなかった。

まぁ、そんなことは置いておいても、俺達は同じ遠足の班のメンバーであり、Ｌｉｍｅのグループも作っている程の仲なのだから、そうじゃなくても断る理由なんてそもそも何もなかった。

こうして二つ返事でオッケーすると、清水さんは三枝さんの前の空いている席へと腰かけ、四人向かい合う形で一緒に弁当を食べることになった。

三枝さんだけでなく、もう一人のクラスの美少女である清水さん、それと女子からの人気の高い孝之も含むこの四人で一緒に弁当を食べる形となったことは、当然、周囲からの視線を集め、教室内がざわめき出した。

「一緒にご飯食べるのは遠足ぶりだね！　うれしい！」

だが、そんな視線なんかお構いなしの三枝さんは、自分のお弁当箱を開けながら本当に嬉しそうに微笑んでいた。

そんな三枝さんに、俺達もそうだねと笑い合った。

一緒に弁当を食べることを、三枝さんがこれだけ楽しそうにしてくれるのなら、もうそんな周囲から向けられる視線なんてどうでも良くなっていた。

「私、ずっとやってみたかったことがあるの！」

弁当を食べながら、突然三枝さんがそう宣言した。

やってみたかったこと？　なんだろうと、俺達は次の言葉を待った。

「放課後、友達とハンバーガーを食べに行ってみたいの！」

鼻息をフンスと鳴らし、その目をキラキラとさせながらそんな宣言をする三枝さん。

一体何事かと思ったけれど、それはなんとも可愛らしい目標だった。

それでも、この間までアイドルをしていた三枝さんにとっては特別なことなのだろう。

そう思った俺達は、今日は孝之も部活が休みなようだし、だったら今日の放課後みんなで行こうという話になった。

三枝さんは「漫画とかで読んでずっと憧れてたんだぁ」と、本当に楽しそうに瞳をキラキラと輝かせており、そんな姿を見られるだけで俺達は幸せな気持ちにさせられた。

こうして俺達は、放課後、一緒に駅前のハンバーガーショップへと行くことになった。

そして放課後。
昼休みの約束通り、三枝さんのため四人で駅前のハンバーガーショップへと向かって歩いていた。
ちなみに三枝さんは、校門を出た所で鞄から地味めな伊達(だて)眼鏡を取り出してかけている。
本人は変装のつもりなのだろうが、三枝さん程の美少女が制服を着て歩いている時点で周囲からの視線を集めてしまっており、コンビニに来る時の服装ならともかく今の変装では正直無理があった。

「あ、あの！　エンジェルガールズのしおりんですよね!?」

「違いますっ!!」

そして案の定、周囲にバレバレだった三枝さんは、駆け寄ってきた他校の女子高生に話しかけられてしまった。

しかし三枝さんは、そんな彼女達に向かって元気よく即答でキッパリと否定する。

それはもう本当にキッパリで、正直バレバレで無理があると思うんだけど、本人は自信満々に一切の迷いなく否定してみせたのだ。

その結果、そんな自信満々に否定してくる三枝さんの圧を前に、話しかけてきた女子高生達は気圧されてしまい、そのままおずおずと引き下がって行ってしまったのであった。

そんな、眼鏡による変装はあまり意味がなく、結局は力業ではね除けてしまった三枝さんに、俺だけでなく孝之も清水さんも思わず吹き出してしまった。

「も、もう！　みんな笑わないでよー！」

と恥ずかしそうにアワアワとする三枝さんは、今日も面白可愛かった。

もう背中に『私は、しおりんではありません』って張り紙して歩こうかなと、拗ねたように冗談を言う三枝さん。

そんな三枝さんの姿を想像すると、やっぱり面白すぎて更に吹き出してしまうのであった。

駅前のハンバーガーショップへとやってきた。

扉を開くと、店内からは嗅ぎ慣れた油の香りが漂ってくる。

そんな、ある意味ここでしか得られない独特の雰囲気に、三枝さんは子供のようにその瞳をキラキラと輝かせていた。

それから俺達は、一人ずつ順番に注文をし、最後に三枝さんの番がやってきた。

しかし当然、ハンバーガーショップへ来るのが初めての三枝さんは注文の経験があるわけもなく、なんとか三枝さんは俺達の真似をして注文しようとするものの上手く出来ず、とても困ったような顔を俺に向けてくる。

「たっくん、たしゅけて……」

そしてやっぱり、困って力なく助けを求めてくる三枝さん。

だから俺は、しょうがないなとそんな困っている三枝さんの注文をたしゅけてあげることにした。

無事注文を終えた俺達は、空いていたボックス席に座ることにした。

周りは他校の高校生などで埋まっており、そんないかにもハンバーガーショップへやっ

てきたという雰囲気に、三枝さんはとても感動しているようだった。

俺達にとっては当たり前なことでも、三枝さんにとってはやっぱり特別なのだろう。

芸能人ならではの感覚だよなぁと、こんな些細なことでも喜んでくれる三枝さんを見ていると、なんだかこっちまで嬉しい気持ちになってくる。

そんな三枝さんはというと、取り出したスマホで嬉しそうにハンバーガーの写真を撮ると、その写真をすぐに誰かにＬｉｍｅで送信していた。

――ピコン。

そして、俺達のスマホが一斉に鳴る。

スマホを確認すると、それは三枝さんからのＬｉｍｅの通知だった。

そしてスマホの画面に表示されたのは、先程三枝さんが撮影した若干ピントのブレているハンバーガーの画像だった。

『祝！　初ハンバーガー記念！』

そして、続けて送られたその文字のあまりのシュールさに、俺達は堪え切れず吹き出してしまうのであった。

その日の夜。

俺は自分の部屋のベッドに横になりながら、今日もスマホをいじっている。

昨日はゲームをやり過ぎて寝坊したため、今日は程々にしようと心に誓っている。

――ピコン。

そう思いつつも、ついついまたゲームのアイコンをタップしそうになっていたその時、突然スマホの通知音が鳴った。

表示されたのは、もはやお馴染みになっている孝之、清水さん、そして三枝さんとのＬｉｍｅグループの通知だった。

ちなみに、現在このグループのアイコン画像は、今日三枝さんが送ってきたあの少しピントのブレたハンバーガーの写真に設定されている。

あれからも暫くツボに入ってしまっていた孝之が、面白がって変更したのだ。

『今日はありがとう！　とっても楽しかった！』

Ｌｉｍｅは三枝さんからのものだった。

ハンバーガーを食べている時も、ずっと楽しそうだった三枝さんの姿を思い出し、俺は部屋で一人思い出し笑いをしてしまう。

なんていうか、最近は三枝さんがいるだけでとにかく楽しい。

それは俺だけではなく、孝之や清水さんもきっと同じ気持ちだと思う。

この間までテレビで見ていた国民的アイドルだけれど、実は天然で挙動不審で、それからいつも明るくて楽しそうな三枝さんが一緒にいてくれるだけで、何でもないことまで楽しくなってしまうのだ。

それはきっと、三枝さんの持つ人としての魅力なんだと思う。

きっとアイドルとして有名になったのも、それは可愛いからとか、歌が上手いからだけとかじゃない。

そんな三枝紫音という特別な存在が、人を惹き付けて止まないのだ。

スマホの画面に目を向けると、すぐに孝之と清水さんも楽しかったよと返事をしていた。

だから今日は俺も、寝落ちせずに楽しかったよと返事を送っておいた。

三枝さんが行きたいなら、いつでもまたハンバーガーを食べに行こうと一言を添えて

――。

――ピコン。

俺がＬｉｍｅの返事を送ってから、ちょっと間を空けて再びＬｉｍｅの通知音が鳴った。

今度は何だろうと思いながらスマホの画面を開くと、それは三枝さんからの個人Ｌｉｍｅだった。

俺だけ？　なんだろう？　と思いながら、俺はすぐにそのＬｉｍｅを開く。

『あの、今からちょっと通話してもいいかな？』

え？　通話⁉　と驚きつつも、この間だって通話したことがあったし、まぁ今は暇だから『大丈夫だよ』と返事した。

するると、返事して数秒後、三枝さんからの通話がかかってきた。

「も、もしもし？」

「あ、たっくん！　こんな時間にごめんね！」

慌てて通話に出ると、三枝さんの声は少し上擦っていた。

「いや、大丈夫だけど、何かあった？」

「あぅ……その……」

その？　なんだ？

「何もないけど……ダメかな？」

何もないけど？

ん？　つまりどういうことだ？

言葉通り、何もないけど通話してきたということだろうか。

あの三枝さんが？

……と思ったけれど、俺と三枝さんは今日だって一緒に遊んでいたわけだし、この前の土曜日には二人で映画だって一緒に観に行った仲なのだから、もう別に何も不自然なことなどないことに気が付いた。

客観的に見ても、俺達は既に他愛のない話をするぐらいの仲にはなれているはずなのだ。

正直未だに信じられないと言うか実感が湧かないけれど、事実は事実として受け入れるべきだし、何より俺だって本音は三枝さんともっと話したいのだ――。

「だ、大丈夫だよ？　ただちょっと緊張しちゃってさハハ」

「き、緊張!?　なんで!?」

照れ隠しに俺がそう答えると、三枝さんは俺の『緊張』という言葉にとても驚いていた。

「あぁ、いや、やっぱりさえぐ……じゃなくて、しーちゃんはエンジェルガールズのしおりんだからっていうか、それ以前に俺なんかとは釣り合わないっていうかなんていうか……って、ごめん俺何言ってんだろ」

ヤバイ、本当自分でも何言ってるのか分からなくなってしまった……。

テンパって思わずわけの分からないことを口にしてしまった。

「……」

流石に不審に思われてしまったのだろうか、三枝さんからの返事はなく、暫く沈黙が続いてしまう――。

そして、この沈黙に耐えきれなくなった俺は、再び恐る恐る声をかけてみる。

「……あ、あの？　しーちゃん？」

「……ないよ」

「な、ないよ？」

ないよ？　ないよってなんだ？

その前にも何か言っていたようだけど、イマイチ上手く聞き取ることが出来なかった。

「たっくんがわたしと釣り合ってないなんてことないよ!!」

思いきって話すように、今度はそうハッキリと話してくれた。

俺が三枝さんと不釣り合いなことなんかないと、キッパリと否定してくれたのである。

「そ、そうかな？」

「そうだよ！　だって!!」

「だ、だって？」

――だって、なんだろう？

俺は恐る恐る次の言葉を待った――。

「あ、あわわわ！　な、何でもないでしゅ!!　おやすみなさいっ!!」

しかし三枝さんは慌てた様子で言葉を噛むと、そのますぐに通話を切られてしまった。

なんだったんだろうと思ったけれど、最後の三枝さんの言葉は明らかに照れ隠しによるものだったことぐらい俺にも分かった。

じゃあ何で、あの三枝さんがそんなに照れてるんだ？　という話になる。

それってまさか……いやいや、調子に乗るな俺。

一つのご都合主義な考えが頭を過ったけれど、すぐにその考えを否定した。

――ピコン。

そんな悶々とした気持ちでいると、またＬｉｍｅの通知音が鳴った。

「ん？　画像？」

それは、三枝さんからグループＬｉｍｅに送られてきた一つの画像だった。

画像を開くと、それは今日ハンバーガーを食べながら四人で撮った一枚の写真だった。

自撮りはアイドル時代から慣れているとのことで、三枝さんが手に持つスマホに、他の三人もちょっとおどけながら写り込む形で撮影された、今日の想い出の一枚。

画像の中の俺達は本当に楽しそうで、良い写真だった。

俺は、今日の楽しかったことを思い出しながら、その画像を暫く楽しく眺めたあと保存した。

笑顔で写真に写る三枝さんがとにかく可愛くて、俺は暫くそんな三枝さんに見惚れてしまっていたのだ。

そして、そんな三枝さんのすぐ隣に自分が写っていることが、何だかとにかく嬉しかった――。

——ピコン。

すると、またまたＬｉｍｅの通知音が鳴る。

今度は、三枝さんから俺個人宛のＬｉｍｅだった。

そして送られてきたのは、またしても画像ファイルだった。

俺は何だろうと思いながら、その送られてきた画像ファイルを開いた。

するとそれは、先程グループＬｉｍｅに送られてきたものと同じ写真だった。

だが、その画像には落書きがされており、三枝さんと隣に写る俺の顔には手書きで猫の髭（ひげ）が書かれており、そんな二人の顔はピンク色の線で描いたハートマークで囲われていた。

そして、その下には『一緒だよ♪』と可愛らしい手書きの文字まで添えられているのであった。

きっとそれは、さっきの俺の言葉に対する、三枝さんなりの返答なのだろう。

俺は、そんな三枝さんの気持ちが嬉しかった。

嬉しさと恥ずかしさで顔を真っ赤にしながらも、俺はその嬉しすぎる画像をとりあえず三回保存しておいた。

金曜日。

俺と三枝さんによる、しーちゃんたっくん呼びにざわついていた周囲も、金曜日になればその熱も次第に冷めていったようで、今では以前と変わらない感じに落ち着いていた。

ただ一つ変わったことと言えば、三枝さんの周りには以前より女子生徒がよく集まるようになっていることだ。

これまで、仲良くなりたいけれど高嶺（たかね）の花だと思い距離を置いてしまっていた人達も、俺達と普通に接している三枝さんを見ているうちにそうではないことに気付いたのだろう。

その結果、クラスの女子達はこうして三枝さんのもとを訪れては、楽しそうにお喋りをすることが多くなっていた。

それは三枝さんだけではなく、同じく一人でいることが多かった清水さんも同じで、二人ともクラスのみんなと徐々に打ち解けているのであった。

だから俺も孝之も、二人がクラスのみんなと仲良くなれていることが純粋に嬉しくて、二人でいる時はそんな話題で盛り上がることもあった。

ただし、三枝さんも清水さんも、男子相手には以前と変わらずしっかりと壁を作っているようで、そんな二人と会話すらまともに出来ないクラスの男子達から向けられる嫉妬の眼差しだけはなくなることはなかった――。

「今日から定期テストに向けて部活は休止期間に入る。いいかー、だからって遊ぶのではなく、赤点取らないようにしっかりと勉強もしろよー」

帰りのホームルームで、担任の鈴木先生が最後にそう釘を刺してくる。

そう、早いものでもう定期テストの時期がやってきてしまったのである。

これまで俺は、バイトをするなら勉学を怠ってはいけないとせっせと勉強にも取り組んできた。

そしてついにその成果を試す時がやってきたのだ。

この高校に入って初めての定期テストがやってくることに、クラス内からは不満の声が漏れ出していた。

だが俺は、クラスのみんなとは真逆で、必ず上位に入ってやると内心闘志を燃やしていた。

帰宅部の意地を見せる時がやってきたのだ！

ふと隣から視線を感じて目をやると、そこにはそんな俺のことを何か企んだような顔付きで「うっへっへ」と変な笑い声と共に眺めてくる三枝さんの姿があった。

そんな、まだホームルーム中にもかかわらず挙動不審が漏れ出してしまっている三枝さんは、よく分からないけれど今日もなんだか楽しそうだった。

――キーンコーンカーンコーン。

そして、終業のチャイムが鳴る。

その音に合わせて、帰りのホームルームは終了となった。

よし、バイトのシフトも減らしてるし、帰って今日から集中して勉強だと意気込んでいると、突然声をかけられる。

「たっくん！」

声をかけてきたのは、さっき変な笑い方をしていた隣の席の三枝さんだった。

でもごめん三枝さん、今日から集中して勉強しないといけないから、ハンバーガーに付き合うとかは暫く出来ないんだ。

そんな申し訳ない気持ちでいっぱいになりながら隣を見ると、そこには何かに期待したようにニコニコと微笑む三枝さんの姿があった。

あぁ、これからこんなに楽しそうにしている三枝さんの誘いを断らないといけないのかと思うと、やっぱり申し訳ない気持ちで一杯になる。

「このあと一緒に勉強会をしましょ!!」

「ごめ……え？　勉強会？」

遊びではなく、勉強会？

そんな予想外の言葉に、俺は用意していた返答を奪われてしまい、思わずキョトンとしてしまった。

「そう！　これからテストに向けての勉強会！　これもやってみたかったことの一つな

の！」

どうやら、テスト前の勉強会も三枝さんのやってみたいことリストの一つだったようだ。

確かに、漫画とか読んでいると勉強会ってよくあるけれど、実際は俺だって勉強会なんてやったことがなかったし、ましてや女の子と一緒にだなんて集中出来るかどうかも含めて色々とハードルが高い——。

……しかし、どうしても勉強会をやってみたそうにしている三枝さんから、こんなにもキラキラワクワクとした表情で見つめられてしまっては、もう断るわけにはいかなかった。

「まぁ、勉強会ならいいよ」

「ほんと？　やった！」

そう俺が返事をすると、三枝さんは本当に嬉しそうに微笑んでくれた。

その天使のような可憐な笑みを前に、俺は思わず顔が赤くなっていくのを感じる。

きっとこの笑顔には、これからずっと慣れることなんてないんだろうなと俺は悟ったのであった。

◇

三枝さん提案の勉強会を行うため、俺達は図書室へとやってきた。

孝之と清水さんも誘ったため、もはやお馴染みの四人組である。

図書室へ入ると、既に他にも勉強しに来ている生徒はちらほらいたのだが、集団で勉強会をしようというのはどうやら俺達だけだった。

あんまり煩くしてもいけないからと、俺達は一番奥の四人掛けの席に座り、早速各々教科書を広げて勉強会を開始する。

まずはそれぞれ、やりたい教科の復習をしようということで、とりあえず俺は苦手な数学の復習から始めることにした。

すると、隣に座る三枝さんも慌てて鞄から数学の教科書を取り出すと、鼻息をフンスと鳴らしながら同じく復習を始めていた。

その思った以上にやる気満々な三枝さんの姿勢に、俺も負けていられないなと勉強に集中することが出来た。

実際、たまにある小テストなんかでも、三枝さんは本当に優秀で、いつも満点を取っているのだ。

俺も決して成績は悪い方ではないはずなのだけれど、それでもここまで学力に差があるというのは、正直三枝さんはうちの高校に来るレベルではなかったのでは？　とすら思える程だった。

今も隣で、スラスラと問題を解いていく三枝さん。

俺のことをライバル視しているのだろうか、チラチラと俺の解く問題を覗き込みながら、同じ問題を我先にと解いているようだった。

ちなみに、前に座る孝之と清水さんは、お互いに話し合いながら国語の勉強をしていた。

そんな二人を見て、なるほどそうやって分からない所は誰かに聞けば良いのかと、ようやく勉強会のメリットに気が付いた。

だから俺は、隣で同じ問題を既に解き終えている三枝さんに質問してみることにした。

「あの、しーちゃん、ここなんだけどさ」

「ど、どれ？　あ、これね！　こ、ここはこの公式使うんだよっ！」

すると三枝さんは、まるで待ってました！　とばかりに、すぐに解の求め方を教えてくれた。

その説明は本当に的確でとても分かりやすく、素直に感心してしまった。

「ありがとう！　すごく分かりやすかったよ！」

「う、うん！　よ、良かった！」

教えてくれたことにお礼を告げると、三枝さんは顔を赤くしながらアワアワと顔の前で手を振って恥ずかしがっていた。

それから小さく「よっしゃ！」と呟きながらガッツポーズをしていたのは謎だったけれど、かなり難しい問題だったから教えて貰えて本当に助かった。

それから俺達は、互いに分からない所を補い合いながら、二時間みっちりと勉強することが出来た。

三枝さんがいてくれたおかげで、全教科満遍（まんべん）なく分かりやすく教えて貰えたことは本当に助かった。

孝之と清水さんも、自分達より全然勉強が出来る三枝さんに素直に感心していた。

そして当の三枝さんはというと、やりきったとばかりに満足そうな笑みを浮かべていた。

正直、教えて貰うばかりで悪かったかなと思っていたけれど、当の三枝さんは俺達以上に何やら満足そうにしていた。

帰り道、俺は改めて色々と教えてくれた三枝さんにお礼を伝えることにした。

「今日はありがとう。しーちゃんがいてくれて本当に良かったよ」

「ふぇ!? う、うん、私もだよっ!!」

ん？　私もだよって？　と思ったけれど、嬉しそうにはにかみながら歩く三枝さんを見ていたら、まぁ何でもいいかと自然と俺も笑みが溢れるのであった。

◇

土曜日。

昼の一時過ぎ、俺は待ち合わせのため駅前へとやってきた。

「おまたせ！　たっくん！」

そう言って手を振りながら駆け寄ってきたのは、同じクラスの三枝さん。

彼女は俺の隣の席で、元国民的アイドルなうえ頭も良くて、時々挙動不審だけど明るく面白くて、とにかく色々と凄い美少女だ。

ちなみに今日は、昨晩のグループＬｉｍｅで三枝さんからの提案により、今日も一緒に勉強会をしようということになったのだ。

しかし、孝之も清水さんも今日はちょっと都合が悪いとのことで、その結果四人ではなく二人で行うことになってしまったのは、ちょっと誤算だった。

まぁ、先週の土曜日も三枝さんと二人で過ごしていたわけだし今更過ぎる話かもしれないけれど、それでもやっぱりこんな美少女と二人きりで共に過ごすというのは、どうしても緊張してしまうのだから仕方がない。

「それじゃ、行こっか！」

しかし、当の三枝さんはと言うと、二人きりになってしまったこんな状況に困る素振りなんか微塵も見せず、いつもと変わらず……いや、なんならいつもより少しテンションが高いのでは？　というノリで、今日もルンルンと楽しそうにしているのであった。

まぁ、三枝さんが楽しそうにしてくれているのならそれで良いかと、俺も気持ちを切り替えて今日は楽しむ……じゃなくて、勉強に集中しようと心に決めた。

それから俺達は、駅からちょっと歩いた所にある大きめの図書館へとやってきた。

ここなら参考書なんかも充実しているし、カフェやファミレスみたいな所で勉強するより静かで集中出来るだろうということでやってきた。

周りを見回すと、既に他校の学生と思われる人達で割と席が埋まっていた。

うちの高校だけじゃなく、恐らく他の学校でも同じく定期テスト前なのだろう。

とりあえず今日は俺達二人だけで、丁度二人掛けの席が空いていたからそこで勉強することにした。

俺は席に腰掛けると、何気なく隣に座る三枝さんへと目を向ける。

今日の三枝さんは、白のブラウスに黒のハイウエストのパンツを合わせており、すらっと伸びた綺麗な足のラインが強調されたそのスタイルの良さに、男女関係なく周囲からの視線を集めてしまっていた。

そう、言うまでもなく今俺の隣にいるのはあの国民的アイドルグループ『エンジェルガールズ』のしおりんなのだ。

そんな彼女が、目立たないわけがなかった。

そして、そんな三枝さんは三枝さんで、悪戯っぽい笑みを浮かべながら「こっち見られちゃってるね」と俺の耳元で囁いてくるのであった。

今日は縁の黒い伊達眼鏡をしていることもあり、女教師っぽい雰囲気というか、なんだかいつもより大人っぽく感じられる三枝さん。

そんな三枝さんに、その整いすぎたご尊顔を近付けられながらそんなことを囁かれてしまっては、流石の俺もどうしようもなかった。

鏡を見なくても、きっと今自分の顔は茹でダコみたいに真っ赤に違いない。

でもこんなもの、俺じゃなくてもみんなこうなるに違いないだろうだから、全くもってこれは仕方のないことだと俺は開き直るしかなかった。

そんな俺の顔を見て楽しそうに笑う三枝さんは、満足したのか「じゃ、勉強始めよっか」と教科書を開いた。

なんだか今日は三枝さんのペースに飲まれてるなぁと思いながらも、今日はここへ勉強をしに来たのだと俺も気を取り直して教科書を開いた。

よし、集中しろ！　俺!!


それからは、今日も三枝さんが全教科一通り、苦手な所をしっかりとマンツーマンで教えてくれたおかげで、かなり充実した勉強をすることが出来た。

やっぱり三枝さんの説明は本当に分かりやすくて、苦手だった所もなんとか自力で解くことが出来るまでになっていた。

「やっぱり凄いなしーちゃんは、学年一位は間違いないだろうね」

「そ、そんなことないよ」

俺が素直に褒めると、三枝さんは恥ずかしそうに笑った。

「今日も色々教えて貰っちゃったから、この後お礼をしたいんだけどいいかな？」

「え？　お礼っ!?　い、いいよそんなの私も楽しかったから」

「いや、それじゃ俺の気が収まらないから、ね？」

「う、うん……じゃあ……」

最初は断ったけれど、俺の押しに根負けした三枝さんはオッケーしてくれた。

頬を赤らめながら、恥ずかしそうに上目遣いで返事をする三枝さんは、正直、世界一可愛いかった。

◇

図書館を出た俺達は、駅前の少し外れにあるカフェへとやってきた。

ここはパンケーキが有名なカフェで、三枝さんは前にコンビニで甘いものばかり買っていたぐらいだから、きっと気に入ってくれるだろうということで連れてきた。

「わぁ、可愛いお店だね」

「うん、しーちゃんなら気に入ってくれるかなって」

内装を見回しながら楽しそうに呟く三枝さんを見ていると、俺まで笑みが零れてきてしまう。

それから俺達は、二人掛けのテーブル席へと案内されると、早速ここの目玉であるパンケーキを二つ注文した。

「美味しそうだね！」

三枝さんはメニューにあるパンケーキの写真を見つめながら、子供のようにその目をキラキラさせていた。

――いや、可愛すぎんか。

こんな可愛い女の子、このまま何時間でも見ていられる自信がある。

それからしばらくして、注文したパンケーキが届けられる。

三枝さんは、実はパンケーキって初めてなんだと嬉しそうに写真を何枚か撮ると、満足したのか美味しそうに食べ出した。

パンケーキを口に運ぶ度、本当に幸せそうな笑みを浮かべる三枝さんの姿は、間違いなく食事をする天使そのものだった。

「たっくん、今日はこんな素敵なお店に連れてきてくれてありがとね」

「いや、そんなに喜んで貰えたなら俺も嬉しいよ」

パンケーキを食べ終え、俺はコーヒー、三枝さんはロイヤルミルクティーを飲みながら、もうちょっとここでゆっくりしていくことにした。

目の前に座る三枝さんは、俺の顔を見ながら「ンフフ♪」と楽しそうに微笑んでいた。

俺が「なに？」と聞くと、「なんでもないよー♪」とこれまた楽しそうに返事をする三枝さんは、とにかくご機嫌な様子だった。

そして、さっき食べたパンケーキを思い出すように「また来たいなぁ」と呟く三枝さんに、「そうだね、じゃあまた連れてくるよ」と俺が答えると、三枝さんは満面の笑みを浮かべながら「よ、宜しくお願いします！」とガバッとその頭を下げるのであった。

それから、恥ずかしそうに両手で顔を覆いながらクネクネする三枝さんは、やっぱりちょっと挙動不審で周囲の視線を集めてしまっていた。

幸い、両手で顔を隠しているおかげで彼女がしおりんだとはバレずに済んだから良かったけれど。

日も沈みかけてきたところで、俺達は朝集合した駅前へと戻ってきた。

「今日はありがとね！」

「うん、こちらこそ」

そして今日はこのまま、ここで解散することになった。

「ねぇたっくん！　今日は楽しかったよ！　それからご馳走さま！」

駅へ向かって駆け出した三枝さんは、一度立ち止まってこっちを振り返ると、大きく手を振りながら声を上げる。

そんな仕草が何だかとても愛おしく思えてしまった俺は、手を振り返しながら同じく三枝さんに聞こえるように大きく声を上げる。

「俺も今日は楽しかったよ！　また行こうね！」

俺の返事に満足そうに頷いた三枝さんは、嬉しそうにその表情を思いっきりふやけさせると、そのままた駅の方へと駆け出して行ってしまった。

今日も最後まで色んな表情を見せてくれた、面白可愛い三枝さん。

俺はそんな彼女の背中が見えなくなるまで見送ると、何だかとても満たされた気持ちでいっぱいになりながら家路に就いた。

――ピコン。

帰り道を一人歩いていると、Ｌｉｍｅの通知音が鳴った。

確認するとそれは、さっき別れた三枝さんから画像が送られてきた通知だった。

なんだろうと思いながらその送られてきた画像を開くと、そこにはさっき食べたパンケーキと、それ越しに映る俺の姿があった。

なんと三枝さんは、パンケーキと一緒に俺のことまで撮っていたのである。

――ピコン。

そしてすぐにまた、三枝さんからメッセージが届く。

『へへっ！　隠し撮り成功！』

そんな一文と共に、アニメ絵にデフォルメされたニヤニヤ顔のアイドルしおりんのスタンプが送られてきた。

「ぷ、なんだよこのスタンプ」

突然自分のスタンプを送信してくる三枝さん。

本人が自分のスタンプを送ってくるシュールさと、アイドルが俺なんかを隠し撮りしてどうするんだよという状況のおかしさに、帰り道、俺は一人で盛大に吹き出してしまったのであった――。

◇

日曜日。

現在テスト期間中ではあるが、店長にどうしてもこの日はバイトに入ってくれないかと懇願されてしまったため、今日も今日とて俺はコンビニのレジ打ちのバイトに勤しんでいた。

俺は客のいないコンビニのレジでぼーっと立ちながら、昨日のことを思い出していた。勉強を教えてくれる三枝さん、それからパンケーキを美味しそうに食べる三枝さん、色んな三枝さんの表情が頭の中を駆け巡る――。

こうして思い返してみると、本当に表情豊かな三枝さんだけど、どれを切り取っても可愛かったよなぁと、バイト中にもかかわらずちょっとニヤニヤしてしまう自分がいた。

もし自分に彼女がいたらこんな感じなのかなぁとか思ってしまうけれど、『相手はあのしおりんだ！　仲は良くても変な期待はするな俺！』と、即座にそんな浮かれる自分を戒めておいた。

楽しむのはいいけれど、浮かれるのは良くない。

でも俺も、もう高校生なんだしそろそろちゃんと女の子に……出来れば三枝さんに認められるような男になりたいよなぁと、ちょっと人生やる気が湧いてきていた。

今度、ケンちゃんのお店で夏服コーディネートでもして貰おうかなぁとか、ぼんやりこれからのことを考えていると、コンビニの扉が開くメロディーが聞こえてくる。

――ピロリロリーン。

俺はそのメロディーに反応して、いつも通り「いらっしゃいませ～」と挨拶をしながら、入ってきたお客様を確認する。

するとそこには、今日もいつもの不審者スタイルをした三枝さんの姿があった。

こうして、今日もひょっこり現れた三枝さんはというと、俺と目が合い、恥ずかしそうに雑誌コーナーへすすすっと移動してしまう。

そんなわけで、丁度三枝さんのことを考えていたタイミングで、今日もお待ちかねの『三枝さんウォッチング』が始まったのであった。

まず三枝さんは、雑誌コーナーから一つ雑誌を手にすると、いつものようにペラペラとページを捲って普通に立ち読みしていた。

いつもだったら、読んでいるのか読んでいないのかよく分からない感じだったりするのだが、今日の三枝さんはちゃんと隅々まで雑誌を読んでいるようで俺は少し驚いた。

……いや、雑誌を普通に読んでいることに驚くって何だよって話なんだけどね。

だから、三枝さんが今一体何の雑誌を読んでいるのか気になった俺は、推測をする。

——多分あれは、この近辺のお店を紹介するローカル情報誌だな。

たしかあの雑誌、今月号はカフェ特集だったことを思い出す。

カフェと言えば、昨日俺が三枝さんを連れていったばかりの場所だ。

なるほど、昨日は本当に楽しそうにしていたから、きっと他のお店の情報も気になるんだろうなぁと、俺はそんな雑誌を一生懸命読む三枝さんの姿を温かい目で見守った。
そうして雑誌を一通り読み終えた三枝さんは、満足そうに一回頷くとこれまた今日は慌てる素振りなんて一切見せず、落ち着いて店内を回り商品をカゴに入れると、そのまま普通にレジへと持ってきた。
俺は、ここまであまりにも普通すぎる今日の三枝さんに若干拍子抜けしてしまいながらも、まぁこれが普通だよなと気を取り直してカゴの中の商品を一つずつ集計していく。
——おうちでカフェタイム（インスタントコーヒー）、一点
——生クリームたっぷり！　カフェのパンケーキ、一点
——カフェオレ、一点
——カフェイン配合エナジードリンク、一点

……。

いや、全部カフェやないかぁーい！

カフェやないかぁーい！

きっと本人は無自覚なのだろうが、昨日のカフェに引っ張られ過ぎている三枝さんに、俺は心の中で盛大にツッコミを入れてしまった。

しかも最後のに至っては、もはやカフェ関係なくなっちゃってる。

今日は普通だと思ったのに、まさかの大どんでん返しである。

雑誌の立ち読みの段階から、脳内カフェ一色だったらしい三枝さんの本日のカフェデッキを前に、俺は必死に笑いを堪えながらもなんとか集計を済ませた。

「い、以上で七百七十二円になりま――」

「はいっ！」

俺が金額を伝えきるより先に、食い気味に財布から千円札を差し出してくる三枝さん。

やっぱり今日も千円札ですよねーと、俺は吹き出しそうになる気持ちをなんとか落ち着けながらその千円札を受け取ると、そのまま会計を済ませてお釣りを手渡す。

そして三枝さんは、いつも通り両手でお釣りを大切そうに受け取っていたが、その動きが急にピタッと固まってしまった。

何事かと思い三枝さんの顔を見ると、お釣りを渡す俺の手首を見ながらショックを受けたように固まってしまっていた。

あーそうか、今日はバタバタしていてリストバンドをしてくるのを忘れてしまっていたことに今更ながら気付いた俺は、やれやれと、落ち込む三枝さんに声をかける。

「あー、今日はリストバンドしてくるの忘れてしまったんですよ」

「そ、そうですか……」

「でも昨日知ったんですけどね、エンジェルガールズのしおりんのＬｉｍｅスタンプがあったんですよ。それがめちゃくちゃ可愛かったからダウンロードしたんですけどね、本当に可愛いのでお客様にもオススメですよ」

露骨に落胆する三枝さんに、俺は営業スマイルを浮かべながらＬｉｍｅスタンプの話を切り出した。

実は昨日、三枝さんから送られてきたしおりんスタンプがちょっと面白かったから、いつか俺からも送ってやろうと思いダウンロードしておいたのだ。

すると三枝さんは、落胆の表情から一気にパァッと明るく微笑むと「わ、私もダウンロードします！」と言って、そのままルンルンとした足取りで帰って行ったのであった。

俺はそんな三枝さんの背中を見送りながら、今日の変化球なカフェデッキは中々ヤバかったなと、三枝さんの挙動不審に無限の可能性を感じずにはいられなかった。

――まだまだ俺の知らないパターンを隠し持ってそうだな。

恐ろしい子！

第六章　片思い

金曜日。

水曜日から始まったテスト期間を無事に終え、ようやくテスト勉強の呪縛から解放された。

あれからも「三枝先生」による勉強会が行われ、そのおかげで俺も孝之も清水さんも、今回のテストには確かな手応えを感じていた。

そして、勉強会を重ねれば重ねるほど、三枝さんがいかに勉強が出来るのかがよく分かった。

孝之も「三枝さん、うちの学校のレベルじゃないよな」とその学力に素直に感心していたが、三枝さんは恥ずかしそうにアハハと笑って流していた。

まぁ、それでも誰がどこの高校へ通おうと本人の自由なため、本来うちの高校へ来るレベルじゃないと言うなら、こうして巡り合えたことにただただ感謝するのみだった。

そして放課後、俺達はテストお疲れ様会を駅前のハンバーガーショップで行うことにした。

　ハンバーガーを食べながら、テストの感想とか他愛のない雑談を楽しんでいたのだが、今日も三枝さんが一緒にいるだけで目立ってしまっており、周囲からの視線をこれでもかと言う程集めてしまっていた。

　しかしそれは、三枝さんに限った話ではなく、隣の孝之、そしてその向かいに座る清水さんについても例外ではなかった。

　今も微笑みながら、その小さい口でモグモグとハンバーガーを食べる清水さんを見て、俺はある出来事を思い出した。

それは、俺達が仲良くなり集まるようになってからのこと。

清水さんと同じ中学だった人に「お前達、どうやってあのお姫様と仲良くなったんだ!?」と驚かれたことがあったのだ。

　聞くと、清水さんはその美貌により中学時代から学校で一番の美少女として有名だったらしく、それでも誰に告白されても断り続けていることから『孤高のお姫様』なんて異名で呼ばれていたそうだ。

　いやいや異名ってどこの漫画やアニメだよって話なのだが、同性すらまともに寄せ付けなかったあの清水さんが、今では俺達と行動を共にして普通に笑っていることに中学からの同級生達はみんな驚いているようだ。

「さくちゃん、頬っぺにソースついてるよ」

「え？　やだ恥ずかしい」

今日もみんなでハンバーガーを食べられていることに、とてもご満悦な様子の三枝さんは、隣に座る清水さんの頬っぺたに付いたソースを楽しそうに拭き取ってあげていた。

ちなみにさくちゃんとは清水さんのことで、清水さんの下の名前は桜子と言い、いつからか三枝さんは清水さんのことを『さくちゃん』と呼ぶようになっていた。

そんな気さくに自分と接してくれる三枝さんだからこそ、清水さんも心を許せているのだろうなというのは、二人のやり取りを見ていると伝わってくるのであった。


それから心行くまで会話を楽しんだ俺達は、そろそろ帰ろうかということで店を出ると、今日はそのまま解散となった。


「い、一条くん！」

暫く帰り道を一人で歩いていると、突然後ろから声をかけられる。

そんな突然の呼びかけに驚いた俺は、咄嗟にその声のする方向を振り向いた。

するとそこには、さっきまで一緒にいた清水さんの姿があった。

解散した場所から割と離れているため、ここまでずっと俺のあとをついてきていたのだろうか、何とも言えない表情を浮かべる清水さんがそこにいた。

「ん？　清水さん？　どうかした？」

清水さんが俺に何の用だろう、きっと何かわけありに違いないと思いつつ返事をする。

「いや、その……ちょっと相談したいことがありまして……」

すると、声をかけてきた割に、やけに歯切れの悪い清水さん。

まぁ話があるなら聞くよと思っていると、清水さんは「ここじゃあれだから、あそこでちょっと話してもいいかな」と近くにある喫茶店を指差した。

こうして俺は、何やらわけありそうな清水さんと二人で、たまたま近くにあった喫茶店へと入ることになった——。

◇

喫茶店に入ると、俺はテーブルを挟んで清水さんと向かい合う形で座る。

こうして改めて二人きりで向かい合って座ってみると、よく分かったことがある。

それは、やはり清水さんも三枝さん同様にとんでもない美少女であるということだ。

そのあまりにも整ったルックスに、俺は思わずドキドキさせられてしまう。

軽いノリでオッケーしてしまったが、改めて見ると清水さんも三枝さん同様に俺なんかが気軽に相席出来るような容姿レベルではないのだ。

小柄で透き通るような白い肌、美人だけど猫のような愛嬌も合わせ持つその整った顔立ちは、学年の二大美女と呼ばれるに相応しい美しさだった。

「そ、それで、相談って何かな？」

何だかその場の空気に耐えきれなくなった俺から、話を切り出してみる。

「うん、ちょっと一条くんに相談っていうか……聞きたいことがありまして……」

すると緊張しているのか、やっぱり歯切れの悪い話し方をする清水さん。

一体俺なんかに、そんな状態で何を聞きたいというのだろうか。


「その……山本くんのこと、なんだけどね……」

「ん？　孝之？」

清水さんの口から、突然親友の名前が出てきたことに俺は驚いた。

どうやら清水さんの相談とは、孝之に関することだったようだ。

「う、うん。山本くんって、その、こ、こここれまで彼女とか、いたのかな?」

「孝之に彼女かぁ……あ、一人いたかな?」

恥ずかしそうに俯きながら、孝之のこれまでの恋愛事情を聞いてくる清水さん。

俺はもうこの時点で、清水さんが俺に何を求めているのか察しがついてしまった。

そしてそれが分かってしまえばなんてことはない、一気に気の抜けた俺は今まで通りの感じで話すことが出来た。

しかし、そんな俺の返事を聞いた清水さんは、彼女がいたということに露骨にショックを受けていた。

「そ、それはもしかして……現在進行形なのでしょうか……」

恐る恐る聞いてくる清水さんには悪いが、その姿は小動物のようで何とも言えない愛くるしさがあり、思わず見惚れてしまいそうになってしまう。

「いや、今はいないよ。彼女いたって言っても小学生の頃の話だし、それもほんの少しだけだからね」

そう、孝之に彼女がいたのは本当だが、それは小学生の頃の話で、しかも付き合っていたのもほんの少しの期間だけだった。

そして中学へ上がってからの孝之は部活に熱心で、これまでモテるのに彼女を作ろうとはして来なかったのだ。

別にこのぐらいの話ならしても構わないだろうと、俺は中学以前の孝之との思い出を交えながら清水さんに話をした。

そんな俺の話を、清水さんは興味深そうに微笑みながら聞いてくれた。

それは、俺の話が面白いというよりも、知り合う以前の孝之の話が聞けることを純粋に喜んでいるという感じだった。

しかし孝之の奴、こんな誰もが羨むような美少女に想われているだなんて本当に幸せ者だなと、正直かなり、とっても、この上なく羨ましかった——。

「それで、清水さんは俺に何か協力してほしいのかな？」

「え？　協力!?　ううん、そんなつもりじゃなかったんだけど」

俺はそろそろ良いかなと思い、清水さんに今回の話し合いの目的を確認する。

すると、清水さんは恥ずかしそうに手をブンブンと振りながら、別にそういうつもりじゃないと否定してきた。

「……正直、こんな気持ち自分でも初めてだから、どうしていいのか分からないんだ……」

頬を赤らめながらそう呟く清水さんの姿は、まさしく恋する乙女という感じだった。

きっとこんな清水さんの姿を見たら、孝之だって惚れてしまうに違いない。

「分かったよ、じゃあ俺は無理に首を突っ込むつもりはないから、今まで通りにするよ。

その代わり、何かあったら全然頼ってくれてもいいからね」

だから俺は、そんな一生懸命自分の初恋と向き合おうとする清水さんを応援することに決めた。

しかもその相手は、自分の大切な親友なのだから尚更だった。

――キューピッド卓也！　動きますっ!!

清水さんは、そんな俺の言葉に嬉しそうに微笑むと、顔を赤くしながらコクリと頷いてくれた。


――カシャンッ!!


近くの席で、突然スプーンの落ちるような大きな音がする。

その音に驚いて振り向くと、少し離れた席に何故か三枝さんの姿があった。

慌てて身を隠しているようだけど、残念ながらバレバレだった。

「え？　しーちゃん？」

驚きながらも声をかけると、見付かってしまった三枝さんは誤魔化すようにアハハと笑

っており、そして目の前の清水さんも「え、紫音ちゃん!?」と何故かちょっと慌てていた。

そして俺達に見付かってしまった三枝さんはというと、笑ってはいるけれどその顔はとても青ざめているのであった――。

◇

青ざめる三枝さんと、何やら焦った様子の清水さん――。

そして、そんな二人と何故か向かい合って座っている俺――。

俺達に見付かってしまった三枝さんも相席する形となり、俺は今なんとも言えない表情を浮かべる絶世の美少女二人と向き合って座っているのであった。

さっきまで恋愛相談を受けていたはずが、何故だか今は浮気がバレたあとの修羅場のようにも見える状況に陥ってしまっていた。

もしこれが本当に浮気による三者面談なのだとしたら、こんな美少女二人を物にする俺はきっと魔王か何かに見えているに違いないと、俺はハハハと乾いた笑いを浮かべるしかなかった。

「えーっと……二人は何を……」

沈黙が続く中、三枝さんが探るように、でもどこか力ない様子で話を切り出した。

俺と清水さんが、何故二人でここにいるのか気になっているのだろう。

しかし、ここで清水さんの恋愛相談をしていましたなんて、俺の口から言えるはずもなく返答に困ってしまう。

そしてそんな俺の様子に、三枝さんは何かを悟ったのか更に真っ青になると、絶望の表情を浮かべるのであった。

「ち、違うの！　私は一条くんにちょっと相談に乗って貰ってただけだよ！」

そんな三枝さんの異変に気付いた清水さんは、慌てて弁解してくれた。

「……相談？」

「うん、私の……恋愛相談……」

ちょっと泣きそうになりながら聞き返す三枝さんに、恥ずかしそうに顔を赤らめながら返事をする清水さん。

こうして清水さんが打ち明けてくれたおかげで丸く収まったかと思いきや、その返答にまたしても青ざめてしまう三枝さん。

「そ、そうだったんだね……でも私だって」

そして青ざめながらも三枝さんは握り拳を作り、覚悟を決めたような表情を浮かべる。

「あ、違うの！　わ、わたし、山本くんのことが……」

そんな、どうも話がすれ違っていることに気が付いた清水さんが、慌てて相手は孝之だと補足してくれた。

もしかして三枝さんは、清水さんと俺の仲を勘違いしているんじゃないだろうかと思っていたから、その補足は助かった。

結果、その清水さんの説明でようやく自分の思い違いだったことに気付いた三枝さんは、キョトンとした表情を浮かべながら俺達のことを交互に見ると、次第にその顔が真っ赤に染まっていく。

「あ、あわわ、わたし！　か、勘違いを!!」

「ご、ごめんね紫音ちゃん！　私も説明足りてなかった！　知ってるから！　全然知ってるからねっ！」

テンパる三枝さんに、これまたテンパりながら謎のフォローをする清水さん。

その全然知ってるというのが一体何のことかは分からなかったけれど、とりあえずこれで誤解は解けたようで良かった。

それからの三枝さんは、水を得た魚のように完全復活をすると「私もさくちゃんの恋愛を応援する！」と高らかに宣言までしてくれていた。

そんな三枝さんに、清水さんも「ありがとう」と嬉しそうに微笑む。

そうして微笑み合う二人の美少女の姿は、さっきのすれ違いが嘘のようにとても美しくて尊かった。

「それにしても、なんでしーちゃんはここにいたの？」

こうして丸く収まったところで、俺は別に何とはなしに思った疑問を口にした。

そもそも、なんでここに三枝さんがいるのかと。

すると三枝さんは、急に引きつった笑みを浮かべながら、石のように固まってしまう。

「そ、そそそれはですね」

「うん、それは？」

「え、えーっと……た、たまたま？」

なんだ、たまたまか。じゃあ仕方ないか――。

ってなるわけあるかぁーい！

と、俺は心の中で盛大につっこんだ。

ハンバーガーショップの前でバイバイして、いつも三枝さんは俺とは逆方向に帰っていくというのに、たまたまこんな喫茶店で落ち合うなんてこと物理的にあるわけがないのだ。

「あっ！　そう！　この喫茶店、今女の子の間で実はちょっと話題になってて、それで紫音ちゃんもたまに来てるんだよねっ!?」

すると、そんな無理のありすぎる三枝さんを咄嗟にフォローしようとする清水さん。

「え？　そうなの!?　有名なの!?」

だが天然の三枝さんは、そのことに気付かず普通に驚いちゃっており、せっかくの清水さんのフォローも見事に台無しにしてしまっていた。

そんなコントみたいな二人のやり取りを見せられた俺は、思わず吹き出してしまう。

まぁ、なんでここに三枝さんがいるのかはよく分からないけれど、今日も面白い三枝さんに免じてこれ以上は聞かないであげることにした。

そんな笑う俺を見て、理由は分からないながらも一緒に微笑んでくれる三枝さんと、同じく天然すぎる三枝さんに吹き出してしまった清水さん。

こうして、なんか色々あった気がするけれど、最後は三人仲良く笑い合って、暫く楽しい時間を過ごすことが出来たのであった——。

◇

家に帰った俺は、自分の部屋のベッドで大の字に寝転んだ。

そうか、あの清水さんが孝之のこと……改めて俺は、近いうちにビッグカップルが誕生するかもしれないことに、ちょっとワクワクしていた。

そして、それと同時にやっぱり俺だってそろそろ彼女が欲しいよなと、男としての欲が湧いてきてしまうのであった。

孝之ほど良い男にはなれないにしても、まずは俺もやれることから頑張らないと駄目だよなと気持ちを引き締める。

――ピコン。

スマホから、Ｌｉｍｅの通知音が鳴る。

誰からだろう？　と届いたＬｉｍｅを開くと、それは珍しく孝之から直接送られてきたＬｉｍｅだった。

『今日はおつかれ！　それから、明日は暇か？』

明日はバイトもないし特に予定もないから、俺は『こちらこそ！　明日は暇だよ、どうした？』と返事を返した。

するとすぐに、『じゃあ明日の昼、ちょっと会えるか？』と返ってくる。

まぁ予定もないし、なにより親友の頼みだ。

すぐに『いいよ！』と返事をすると、『じゃあ明日は午前中部活あるから、二時に駅前で頼む！』と返ってきた。

こうして俺は、明日は一躍時(いちやく)の人となっている孝之と会うことになった。

そして次の日。

俺は約束の時間に、駅前で孝之が来るのを待っていた。

「おう！　卓也！　わりぃな呼び出しちまって！」

「いや、暇だったしいいよ！　どっか入るか？」

部活終わりの孝之はまだ少し汗ばんでいて、男の俺から見てもちょっとセクシーだった。

――俺が女なら、惚れちゃうね！

なんて、今の俺は清水さんの気持ちがちょっとだけ分かってしまうのであった。

こうして俺達は、近くにあったファミレスで話すことにした。

ドリンクバーのジュースを片手に席についたところで、俺は「で、話ってなんだ？」と早速話を切り出してみる。

すると孝之は、恥ずかしいのかちょっと言いづらそうにしながら口を開いた。

「いやな、俺もうダメなんだわ……」

孝之の口から出たのは、珍しくも弱気な言葉だった。

いや、珍しいどころじゃない、孝之が弱音を吐くなんて過去あったかどうかも怪しいレベルだ。

「な、なんだ？　なんかあったのか!?」

「いや、それがな……」

心配する俺に対して、相変わらず歯切れの悪い孝之。

そして孝之は、意を決したように口を開く。

「――俺、恋しちゃってるみたいなんだわ」

恥ずかしそうに頭をかきながら、まさかの告白をする孝之。

――えぇえぇえぇえ⁉


大袈裟でも何でもなく、俺は思わず声を出して驚いてしまった。

あの中学から誰とも付き合わなかった孝之が……恋⁉　え、誰に⁉

まさかの親友からの突然の恋バナに戸惑う俺。

「なんつーか、顔を見てるだけでヤバイっていうか、帰ってもその人のことばっかり考えちゃうんだよなハハ」

顔を赤くしながらもそんなことを言う孝之は、確実に恋する男の子のそれで、ちょっとだけ可愛くすらあった。

「あ、相手は誰なんだ……？」

だから俺は、単刀直入に聞いた。

昨日、俺は清水さんの恋愛を応援すると決めたばかりなのに、いきなりの大ピンチである。

既に孝之が想いを寄せる相手がいるのなら、清水さんはいきなり大分不利なスタートを切ることになってしまうからだ。

だから俺は、清水さんのこともあるし次の孝之の言葉をドキドキしながら待った。

「お、おう……清水さん、だ……」

「ふぇ?」

恥ずかしそうに答える孝之には悪いが、思わず俺は変な声が出てしまった。

そして、すぐに状況を理解する。

――なんだお前ら、ただの両想いじゃねーか！

俺は嬉しさとおかしさから、思わずニヤついてしまった。

そんな俺を見て「わ、笑うんじゃねーよ！」と恥ずかしそうに怒る孝之は、やっぱり完全に恋する男の子だった。

全てを知る俺は、そんな孝之に向かってそうかそうかと頷いた。

「うん、清水さんなら付き合えるんじゃないか?」

そして全てを知っている俺は、結果が見えているためそうあっさりと答えた。

「か、簡単に言うんじゃねーよ!?　相手はあの清水さんだぞ!?　知ってるか？　中学の頃は『孤高のお姫様』なんて呼ばれて、近寄る男を誰も寄せ付けなかったって言われてんだぞ!?」

「いや、でも俺達いつも一緒にいるじゃん」

「そ、それはそうだけどさ！」

でもでもと無理な理由を並べる孝之だが、全てを知っている俺からしたら全部無駄な悩みでしかなかった。

しかし、俺の口から『清水さんもお前のことが好きなんだよ』なんて伝えるのは、流石に違う気がしたから言えない。

それに、これなら俺がわざわざ言葉にしなくても、この二人なら時間の問題だろう。

「ま、まぁそれでだ、お前に頼みがあるんだよ」

「ん？　頼み？」

「あぁ、来週の土曜日部活の大会があってさ、俺は一年だけど試合に出られそうなんだ。だからその、みんなを誘って応援にきてくれないか？」

なんと孝之は、一年にして大会の試合に出られる程、部活では成果を残しているようだ。

だったら俺は、恋愛云々抜きにしてもそんな頑張る孝之を応援しないわけにはいかなかった。

「おう、その日はバイト空けるし、そうと決まれば早速Ｌｉｍｅで聞こう」

「え？　いや、ありがたいけど、今？　マ、マジ？」

「おう、マジだ」

焦る孝之を無視して、俺はグループＬｉｍｅにメッセージを送信する。

『来週の土曜日、孝之が部活の大会に出るらしいから、みんなで孝之の応援に行かない？』

よし、送った。

孝之は俺の送ったメッセージを、緊張した様子で見つめていた。

今か今かと返事を待っているようだが、すぐに返事は――、

――ピコン。


『行きますっ！』

――きた。

だがそれは、清水さんではなく三枝さんからの返信だった。

三枝さんも孝之とはもう友達だし、清水さんを応援する同志でもあるわけだから、こう

してすぐに反応してくれたのは嬉しい。

でもよくよく考えたら、三枝さんみたいな超が付く程の有名人が大会の会場まで行っても大丈夫かな？　という不安が俺の中で膨らんでくる。

だが、当の本人は全くその辺を気にしていないのか、もうすっかり行く気満々な様子だった。

メッセージのあとには、ピースをするしおりんスタンプまで送られてきていた。

「プッ！　なんだこのスタンプ!?」

しおりんスタンプ初見の孝之は、本人から自分のスタンプが送られてきたことに吹き出していた。

そんな三枝さんのスタンプのおかげで、孝之の緊張もちょっと和らいだようでグッジョブだったので、俺もしおりんがグーポーズをしたグッジョブスタンプを押して続いた。

すると今度は、俺の送ったスタンプを見て「いや、お前も持ってんのかよ！」と孝之は更に笑い転げる。

『私も行きますっ！　頑張れ山本くんっ！』

そして、俺達がしおりんスタンプのシュールさに笑っていると、清水さんからもＬｉｍｅの返事が返ってきた。

そのＬｉｍｅを見て、よっしゃー！　とガッツポーズをする孝之を見て、なんだか俺まで嬉しくなってしまった。

「良かったな孝之。あーあ、俺もそろそろ彼女欲しいけど、モテないからなぁ」

そして、そんな恋する孝之がちょっと羨ましくなった俺は、思わず変な自虐を口にしてしまった。

まぁ孝之と違ってモテない俺は、やれることからコツコツと頑張るしかないか。

「いや、卓也お前……マジか……」

だが、孝之から返ってきた言葉は、全く予想しなかった言葉だった。

信じられないものを見るような目で、俺のことを見てくる孝之。

「マ、マジかってなんだ？」

「……いや、なんでもない。とりあえず心配するな、俺が保証してやる、お前は大丈夫だ。それも、物凄い角度で大丈夫だ」

物凄い角度ってなんだよと笑いながらも、励ましてくれる孝之に「ありがとな」と礼をする。

そんな俺に、孝之はヤレヤレと呆れるように笑っていた。

――ピコン。

Ｌｉｍｅの通知音が鳴り、俺は届いたメッセージを確認する。

『さくちゃんチャンスだね！　わたし達でフォローしてあげよっ！』

それは、三枝さんからのＬｉｍｅだった。

俺は、『そうだね！　隙を見て二人きりにさせてあげよう！』と送ると、三枝さんからは目がハートになったしおりんスタンプが送られてきた。

え、なにこれ、超可愛いんですけど――。


あれから一週間が経った。

つまりは、ついに孝之のインターハイ予選当日がやってきたのである。

この一週間、俺は孝之と清水さんのそれぞれから恋の相談を受けているわけだが、特に二人とも変わった素振りはなく、これまで通り普通に接していた。

そんな二人の様子に安心しながら、俺もこれまで通り振る舞うことが出来ていた……はずだ。

ここで『はずだ』というのは、俺のことなんて些細な問題でしかなくしてしまっている人物がいるからに他ならない。

その人物の名は、三枝紫音――。

彼女は、国民的アイドルグループに所属していた誰もが知っている有名人。

そして、誰よりも誤魔化すことがスーパー下手っぴな女の子。

よく言えば嘘をつけない性格なのだが、清水さんと孝之が話をする度、何故か三枝さんがアワアワと慌ててしまうのだから仕方がなかった。

しかし、そんな挙動不審になる三枝さんのおかげで、孝之も清水さんも苦笑いすることで緊張が解(ほぐ)れていたのは確かだから、なんていうか結果オーライではあったのだけれども──。

とまぁ、そんなこんながありまして、俺は今三枝さんと清水さんという美少女二人を連れ、電車に乗って大会の会場となる高校までやってきたのであった。

ちなみに今日の三枝さんの格好だが、なんと、この間ケンちゃんのお店で買ったワンピースを着てきていた。

駅前の待ち合わせにやってきた三枝さんは、楽しそうに俺の前でくるりと一回転すると、後ろで手を組みながら前屈みに「どう？　似合うかな？」と首を傾げて聞いてきたのだが、あれはヤバかった。

そりゃもう、本当に大変ですよ。

映画のヒロインが現実で話しかけてきているような、まるでパラレルワールドへ迷いこんだような気分になった。

心の中で『しおりんしか勝たん！』と歓喜の声を上げる一方、「うん、やっぱりよく似合ってるね！　今日も可愛いよ！」と平静を装いつつ答えると、三枝さんは頬っぺたに両手を当てながら嬉しそうにクネクネしていた。

それだけ今日着ているワンピースが気に入ってるんだなぁと、俺は嬉しそうにクネクネする三枝さんを温かく見守った。

それから少し遅れてやってきた清水さんはというと、今日は白のブラウスにベージュの花柄のロングスカートという、とても女の子らしくて可愛らしい格好でやってきた。

ピンクのミニバッグを肩にかけ、そして手には大きめなカゴを持っていた。

「へ、変じゃないかな？」

今日の服装のことを言っているのだろうか、恥ずかしそうに感想を求めてくる清水さん。

だから俺は、思ったまま返事をする。

「大丈夫、めちゃくちゃ可愛いよ」

「うん！　さくちゃん可愛いー！」

俺と三枝さんが素直に褒めると、安心したのか嬉しそうに微笑む清水さん。

そんな、恋する乙女の笑顔は本当に可愛くて、思わずそんな清水さんに少し見惚れてしまっていると、何故か隣の三枝さんがジト目でこっちを見てくるのであった。

会場である学校の体育館へ到着すると、既に大会は始まっていた。

三年生は今回の大会が最後になるため、どの高校も応援に熱が入っていた。

予定表を見ると、どうやら今行われている試合の次が、うちの高校の初戦になるようだった。

ここで勝つことが出来れば、午後に二回戦目が控えているといった感じだ。

「おう！　来てくれたんだな！」

そんな俺達のもとへと、バスケ部のユニホームを着た孝之が駆け寄ってきてくれた。

「当たり前だろ！　絶対勝てよな！」

「頑張って山本くん！」

「おう！　ありがとなっ！」

俺と三枝さんが応援の声をかけると、孝之は親指を立てながらニカッと笑った。

そんな今日の孝之は、本気モードに入っているからだろうか、いつも以上になんだか格好良かった。

そして、そんないつもよりカッコイイ孝之を前に、恥ずかしいのか俺達の後ろでモジモジとしていた清水さんだが、勇気を出して孝之に声をかける。

「が、頑張ってね山本くん……」

「お、おう……ありがとう、頑張るよ……」

そんな孝之と清水さんは、二人とも顔が真っ赤だった。

「じゃ、じゃあハーフタイムのアップあるから行ってくる！」

照れ隠しをするように、そう言うと孝之は体育館の中へと戻って行ってしまった。

試合も恋も、頑張れ孝之！　と、俺は去っていく孝之の背中に心の中でエールを送った。

「あ、あの！　も、もしかして、しおりんですか⁉」

「違いますっ‼」

「え、でも……」

「違いますっ‼」

「あの……」

「違いますっ‼」

そして少し目を離すと、案の定三枝さんは他校の生徒に声をかけられてしまっていた。

しかし、今日もニッコリと「違います」のゴリ押しで何人たりとも寄せ付けないのであった。

ちなみに、今日も三枝さんはいつもの丸縁の大きいサングラスをしているのだが、体育館でそんなサングラスをしていることで逆に目立ってしまっており、その優れたルックスと相まって周囲からの視線を集めてしまっていた。

だが、それでも声をかけてくる人全員を力業で切り抜ける三枝さんに、俺と清水さんは顔を見合わせながらハハハと笑うしかなかった。

どうやらこの様子なら、三枝さんについての心配はただの杞憂で終わりそうだった。

◇

前の試合が終わり、いよいようちの高校の初戦が始まろうとしていた。

うちの高校は普通の公立高校であるため、特別バスケ部が強いわけでもなかった。

推薦とかで集められた生徒がいるわけでもなく、普通に高校受験をしてたまたまこの学校に集まったメンバー。

だが、そんなうちの高校だからこそ孝之の存在は異質であり、そして正しく期待の新星なのであった。

何故なら、孝之は百八十センチを超えるその長身だけではなく、テクニックにも優れており、中学時代はワンマンチームでありながらも地区大会を突破した実績もある程、とにかくバスケがめちゃくちゃ上手いのだ。

そんな孝之には、当然バスケの強豪校からもいくつか声がかかっていたのだが、それでも上のレベルへ行けば孝之よりも身長やテクニックで勝る選手が沢山いるらしい。

だから孝之は、バスケを諦めるわけではないが、将来を考えて勉学との両立を優先させることを選び、今こうして同じ高校に通うことが出来ているのであった。

まぁそんな孝之だからこそ、普通の公立であるうちの高校からしたら、大型新人がやってきたと期待されているのは当然であった。

そして、ついにそんな孝之を擁するバスケ部の初戦が開始されたのであった。

応援に熱が入り、気が付けばあっという間に試合は終了した。

初戦の結果は、95対52でうちの圧勝だった。

一年ながら最多得点をあげた孝之は勿論、他の先輩方も中々の粒揃いで全く相手を寄せ付けなかった。

久々に孝之がバスケをしている姿を見たが、以前にも増してそのプレーは凄まじかった。

「凄かったね」

「うん、格好良かった！」

隣では、三枝さんの言葉に清水さんがちょっと興奮気味に頷いていた。

そりゃそうだよね、好きな相手のあんな格好良い姿を見せられたら誰でもそうなるよなと、俺はそんな恋する清水さんに向かって分かる分かると一人頷いた。

それから次の試合まで暫く時間があるとのことなので、少し早いが孝之も合流して一緒に昼御飯を食べることにした。

事前にＬｉｍｅで、今日は清水さんがまたサンドイッチを作って持ってきてくれることになっていたため、俺達は体育館からちょっと離れたスペースで頂くことにした。

「とりあえず、初戦突破おめでとう！」

「おう、ありがとな！　次の試合も頑張るぜ！」

見事勝利した孝之におめでとうを伝えると、孝之はニカッと笑って小さくガッツポーズをする。

「格好良かったよ山本くん」

「さ、三枝さんまで!?　い、いやぁ、ありがとう。そしてちょっと感動……」

続いて三枝さんに褒められた孝之は、少し顔を赤くしながら素直に喜んでいた。

孝之からしても、三枝さんはスーパーアイドルしおりんなのだ。

そんな憧れのアイドルに褒められたのだから、嬉しくないわけがない。

「山本くん……あの、その……格好良かった、よ……？」

「あ、そ、そうかな……ハハ、清水さんに言われるのが一番嬉しい、かな」

最後に、顔を赤らめながら褒めてくれた清水さんに、同じく孝之も顔を真っ赤にしながら照れていた。

そして、恥ずかしそうに微笑みながら見つめ合う二人。

誰がどう見ても両想いな二人を前に、見ているこっちまで恥ずかしくなってきてしまう。

隣を見ると、三枝さんは両手を頬に当てながら、ちょっと羨ましそうな様子で二人のことを見つめているのであった。

そんな三枝さんを見て、『そっか、そりゃ三枝さんだって彼氏とか欲しいいんだろうな』

と納得していると、何故かちょっとだけ胸にチクリと針が刺さったような痛みを感じた——。

清水さんの作ってきてくれたサンドイッチを美味しく頂いた俺達は、暫く他愛のない会話をしながらマッタリと過ごしていた。

そして、そろそろ次の試合の準備があるという孝之の言葉で、再び体育館へと向かうことになった。

「清水さんのサンドイッチのおかげで、次の試合も頑張れるよありがとなっ！」

「な、なら良かった！　頑張ってねっ！」

歩きながらそんな会話をする孝之と清水さんは、とても良い雰囲気だった。

だから、俺と三枝さんは目配せだけで示し合わせると、邪魔しないようにそっと二人の後ろを歩いていた。

しかし、こうして後ろから楽しそうな二人の姿を眺めていると、やっぱりいいなぁと思ってしまう。

隣を見ると、三枝さんも同じことを思っているのだろうか、やっぱり少し羨ましそうな様子で二人のことを見つめていた。

そしてまた、そんな三枝さんを見ていると胸にチクリと謎の痛みを感じてしまうのであった――。

◇

「あれ？　清水さん？」

　体育館の入り口付近で、突然知らない男に清水さんは話しかけられていた。

　その男は、孝之と同じぐらい身長があり、そして何より色白で髪を茶色に染めた、誰が見ても普通にイケメンな男だった。

　孝之とはタイプが違うが、男性アイドルにいそうなタイプのそのイケメンくんは、どうやら清水さんの知り合いのようだった。

「あ、こちら同じ中学だった渡辺（わたなべ）くん……です……」

「どうも、清水さんと同じ中学だった渡辺です。あ、そうか次の試合、清水さんの高校と当たるんだったね宜しく」

　渡辺くんは、孝之の着ているジャージを見て次の対戦相手であることにようやく気が付いたようだった。

　渡辺くんが着ているジャージは、この地区だとベスト4常連校の強豪私立高校のものだった。

なるほど、孝之と同じぐらい身長のある彼なら、推薦で私立高校へ進学するのも頷けた。

だが気にくわないのが、さっきから渡辺くんは孝之に向かって少し見下すような視線を向けていることだ。

確かにうちは普通の公立高校だが、中学時代にほぼ一人の活躍で地区大会を突破していた孝之は別だ。

それに先輩方だって、これまでずっと頑張って部活に取り組んできただけあって、さっきの試合でのプレーを見れば、決してこんな風に軽く見られる程弱いわけではないのだ。

彼もこの地区でバスケをしていたのなら、当然孝之のことぐらい知っているのだろう。

だからこそ、彼がこういう態度に出ているのがなんとなく分かった。

「それで？　渡辺くんは俺達に何か用なのかな？」

「ん？　いや、用っていうか、久々に再会した清水さんと少し話したいなって思っただけだよ」

真顔で質問する孝之に、渡辺くんはちょっとヘラヘラと笑いながら清水さんと話したいだけだと答える。

「だから清水さん、次の試合勝ったらちょっと話をしようよ」

「——ッ!!　わ、私は!!」

すぐ隣に孝之がいるにもかかわらず、自信満々な様子の渡辺くんは、あろうことか清水さんを誘ってきたのである。

突然渡辺くんに誘われてしまった清水さんは、慌てて言葉を発しようとするが、孝之に大丈夫だよというように優しく肩をポンと叩かれると、戸惑いながらも孝之に従うようにぎゅっとその口をつぐんだ。

だが、そんなあまりにも身勝手な渡辺くんには、流石に俺も苛ついてしまう。

何より苛ついたのが、次の試合終わったらではなく、勝ったらと言ったことだ。

要するに渡辺くんは、うちの高校なんかに負けるはずがないと、わざとそんな言葉で挑発してきたのである。

うちの高校を、そして大事な親友を馬鹿にされたことで頭にきた俺が割って入ろうとすると、孝之はニコッと笑いながら俺のことも手で制止する。

それからフゥと一度ため息をつきながら、代わりにそんな渡辺くんに一言だけ告げる。

「そうか、じゃあうちも負けるつもりはないから、その話はなしだな」

「――ふーん、そう。楽しみにしているよ。じゃあまた試合で」

そんな孝之の一言に、渡辺くんの眉は一瞬ピクッとしたが、変わらず余裕の笑みを浮かべながら清水さんに「またあとでね」と伝えると、そのまま去って行った。

「悪いな、せっかく楽しかったのに空気悪くさせちまった」

「そ、そんな！　渡辺くんがわたしと同じ中学だったせいで山本くんに！　わ、わたし渡辺くんとなんて話すつもりないよ!?」

謝る孝之に、慌てて清水さんは頭を下げながら思いを伝えた。

当たり前だ、清水さんがあんな奴と仲良くするわけがない。

だが孝之は、そんな清水さんの頭にポンとその手を置く。

「大丈夫、絶対に負けないから見ててくれ」

そう言って孝之は優しく、そして力強く微笑んだのであった。

そんなイケメンすぎる孝之に、さっきまで腹を立てていた俺の気持ちはもうどこかへ消え去ってしまっており、代わりにそんな最高の親友のことを全力で応援したい気持ちで一杯になっていた。

頭にポンと手を置かれた清水さんはというと、その顔は恥ずかしさと嬉しさで真っ赤に染まっているものの、応援する気持ちはきっと同じだ。

そして、これまで一連のやり取りを黙って見ていた三枝さんはというと、少しだけ笑みを浮かべており、一見すると普通なのだが、その表情には珍しく怒りのようなものが感じられたのであった。

そんなわけで、試合前に一悶着あったのだが、孝之は両手で自分の頬っぺたを一度パシリと叩いて気合いを入れ直すと、「よし、じゃあ行ってくるわ！」とそのまま試合に備えるチームメイトのもとへと向かって行った。

——頑張れ!! 孝之!!

去っていく孝之の背中に向かって、俺達はエールを送った。

◇

——試合開始の笛が鳴る。

最初のジャンプボールは、孝之以上の長身の相手選手に簡単に取られてしまった。

そして、相手からの速攻が仕掛けられると、簡単に先制点を許してしまう。

やはり地区大会ベスト4常連校なだけあって、一回戦の相手とはまるでレベルが違った。

ちなみに渡辺くんはというと、ベンチに控えており、どうやらスターティングメンバーではないようだ。

「ドンマイです! 一本ずつ返しましょう!」

そんなレベル差に少し怖じ気づいた様子の先輩達へ向かって、孝之はニッコリと微笑みながらまずは一本返そうと言った。

その孝之の言葉に、そうだなと気合いを入れ直す先輩達。

この試合に負けたら、自分達の夏も終わってしまうのだ。

だからこんな、相手のたったワンプレーにビビっている場合ではなかった。

しかし、相手チームに目を向けると、平均身長がこちらとは違いすぎた。

大体プラス五センチはあるだろうか、たった五センチとも思えるが、バスケというスポーツにおいてこの五センチは大きな差となって現れる。

うちのチームで一番背の高い孝之には、相手の一番背の高い選手がマンツーマンでマークにつくことで、孝之の持つ身長のアドバンテージまで見事に防がれてしまっていた。

そんな、格上だけど全く容赦のない相手チームを前に、うちのチームにはベンチのメンバー含め、やはり嫌な空気が流れてしまっていた。

だが、孝之だけは違った――。

孝之をマークする選手は、相手のセンターの選手だ。

対して孝之は、その長身にもかかわらずポジションがスモールフォワードなのである。

長身を活かしたポストプレーを得意とするセンターではなく、スピードとテクニックで相手を抜き去るスモールフォワードを務める孝之は、つまりチームで一番のテクニシャンということだ。

早速パスを受けた孝之は、軽くフェイントを入れながら一気に中へと切り込んでいく。

その結果、普段センターを守っている相手選手は、そんな素早い孝之の動きには全く付いて行けず、孝之は簡単に相手のマークを外すとそのまま楽々とシュートを決めてみせたのであった。

相手はシード校であり、そんな強豪高校の初戦ということで他校のギャラリーも多く集まっていたのだが、そんな孝之のプレーに周囲から「おおおお！」と歓声が沸き上がる。

「おい！　あいつ一年か!?　なんであんな奴と初戦で当たるんだよ！」

と、相手のキャプテンを務める選手が孝之のワンプレーを見ただけで驚き、警戒を強めていた。

だが、それからも孝之を中心とした攻撃を止めることは出来ず、相手は強豪校でありながらお互いに点を取り合うシーソーゲームの展開となっていた。

そんな緊迫のゲーム展開に、どんどんギャラリーは増えていく。

そして気が付けば最終クォーター、ついにベンチから渡辺くんが出てきた。

ようやく出てきた渡辺くんは、なんと孝之に対してマンツーマンを任されていた。

「まさか、うち相手にここまでやってくれるとはね」

「言ったろ？　負けないって」

ちょっと焦った様子の渡辺くんが孝之に向かって嫌味を言うが、孝之は全く気にする素振りも見せない。

そんな、まだ余裕のありそうな孝之の様子に、渡辺くんは更に不快そうな表情を浮かべていた。

そしてそれからも、孝之の無尽蔵な体力のもと攻撃が止まることはなかった。

さっき出てきたばかりの渡辺くんですら、孝之のドライブのスピードにはついていけてなかった。

正直、あれだけ大見得をきっていた分、その姿は普通にダサかった。

だがそれも、渡辺くんが下手と言うよりも、集中した孝之が上手過ぎるのだ。

渡辺くんだけでは孝之を止められないと判断した相手チームは、なんと孝之にもう一人ディフェンスをつけてきた。

これでは流石の孝之でも簡単には切り込めないため、動きを止められてしまう。

だがバスケは、五対五のスポーツだ。

孝之に二人マークがついているのであれば、こちらは必ず一人がフリーになっているということだ。

だから止められた孝之は、そのままノールックで上手にパスを出す。

そんな孝之のトリッキーなプレーに、相手は意表を突かれて全く反応出来なかった。

そしてパスを受けたのは、孝之にマークが集中することでフリーとなったセンターの先輩だった。

こうして、完全フリーの状態でパスを受けた先輩がそのまま楽々とシュートを決めると、ついにこの試合初めてのリードを奪ったのであった。

中学時代のように、孝之のワンマンチームだったら今の相手チームの作戦は有効だったかもしれない。

だが今のチームは、孝之以外にも点を決められる選手が沢山いるのだ。

だから孝之は、自分が止められたのなら安心してあとを任せられる味方にパスをするだけだった。

ピィー！

相手チームはたまらずタイムアウトを取った。

これまで散々孝之対策を仕掛けてきた相手チームだが、孝之はその全てを見事に掻い潜り、そして得点をあげ続けたのであった。

それは、孝之だけの功績ではない。

さっきみたいに相手が孝之に集中したら、孝之は味方にパスをしてチームとして得点をあげる。

そしてまた、孝之へのマークが弱まれば孝之にボールを集めて得点するという、相手からしてみれば一対一で孝之に勝てない以上どうしようもない状態に陥っていた。

そんな、ここまで怒涛の活躍を見せる孝之に、俺も三枝さんも、そして清水さんも驚き、シーソーゲームを繰り広げる試合展開に釘付けになってしまっていた。

マジでかっこいいよ、孝之――。

本気になった孝之は、もう誰にも止められなかった。

作戦会議をする相手のベンチでは、渡辺くんが悔しそうな表情を浮かべていた。

まだ疲れていない自分でも、試合に出っぱなしの孝之を抑えることすら出来なかったのだから、さぞかし悔しいことだろう。

スコアを見ると、77対76。

両チームともかなりのハイスコアで、点取り合戦となっていた。

そして、残り時間は僅か二分とちょっと――。

正直どちらが勝ってもおかしくない試合展開に、周囲の注目も一際高まっていた。


そして、試合が再開される。

相手チームのボールからのスタート、ここは確実に得点しなければならない場面の相手は、慎重にハーフラインまでボールを運んだ。

そして、相手は堅実にセットプレーでフリーな選手を作る。

その結果、スクリーンでディフェンスから逃れた渡辺くんがフリーとなった。

そのままフリーでパスを受けた渡辺くんは、一気に中に切り込んでその長身を活かしたレイアップシュートの体勢に入る。

だが、そんな渡辺くんに反応したのは、孝之だった――。

物凄い勢いで渡辺くんのもとへと駆け寄った孝之は、リングに向けて放たれたボール目掛けて後ろから飛び付くと、なんとそのままボールを下に叩き落としたのである。

そして、転がったボールを味方がキャッチし、見事相手のオフェンスからボールを奪ったのであった。

そのワンプレーに、会場は一気にどよめいた。

そしてその中には、「キャー!」という黄色い声援までが含まれていた。

見ると、これだけ熱いゲームを見せる孝之に、他校の女子達が手を取り合いながらキャーキャーと観戦しているのである。

その数が一人二人ではないことに気が付いた清水さんは、ムッとした顔をしながら立ち上がると、負けないように声援を上げる。

「がんばれ山本くん!!　負けないで!!」

元々大声を出すのが得意ではない清水さんだけど、叫びながら一生懸命孝之にエールを送る。

そんな清水さんの精一杯な声援は、ちゃんと孝之の耳にも届いたようだった。

孝之はこちらに向かって小さくガッツポーズをすると、そのまま先輩からパスを受けて渡辺くんと1ON1の状態を作り出す。

残り時間は既に一分を切っていた。

つまりは、ここで孝之がゴールを決めれば、相手は一気に絶望的な状況に追い込まれることになる。

そのことは、ディフェンスをする渡辺くんも重々承知しているようで、その表情にはもう全く余裕なんてなかった。

そんな渡辺くんに向かって、孝之はフッと微笑むと、それから一気にドライブで中へ切り込んだ。

しかし、絶対抜かれてなるものかと必死に食らい付く渡辺くんもマークを外さない。

だが孝之は、こんな場面であっても冷静であり――そして大胆なプレーに出る。

なんと孝之は、ドライブしていた足をピタッと止めたのである。

ここはワンゴール決めれば良い場面なため、絶対にそのまま中へ切り込んでくるものとばかり思っていた渡辺くんは、急に止まった孝之の動きに付いいて行けずバランスを崩してしまう。

そして立ち止まった孝之の足元には、スリーポイントラインが引かれていた。

そのまま孝之はボールを掴むと、シュート体勢に入る。

そう、孝之はワンゴール決めれば良いこの場面で、リスクの高いスリーポイントシュートを狙ったのである。

そんな孝之のまさかのプレーに、敵も味方も意表を突かれたように驚いていた。

だが、このプレーはただリスクを負うだけではなかった。

孝之がこのスリーポイントを決めれば、相手との得点差は4点差になり、たとえ相手がこのあとスリーポイントを入れようとも逆転は不可能になるのだ。

恐らく孝之はそれを狙って、大胆にもスリーポイントシュートを放った。


そして、放たれたボールは綺麗な弧を描くと――――そのままゴールネットを揺らした。


この孝之の得点が決定打となり、相手は戦意をなくし、そのまま試合終了となった。

こうして、シード校相手にうちの高校は見事大金星をあげたのであった。

駆け寄ってきた先輩達に、バシバシと背中を叩かれながら褒め称えられる孝之は、本当に嬉しそうに笑っていた。

先輩達も、まさかシード校相手に勝てるとは思っていなかったのだろう。

ここで自分達の夏が終わることを覚悟していただけに、彼らの目には涙が浮かんでいた。

そんな、美しい男の嬉し泣きに、思わず俺も貰い泣きしてしまいそうになってしまう。

対して、シード校でありながら初戦敗退してしまった相手校は、絶望の表情を浮かべ、その場から暫く動けないでいた。

「クソッ!!」

床に座り込んだ渡辺くんが、そう叫びながら悔しそうに床を叩く。

そして、俺の隣に座る清水さんと目が合うと、気まずそうに視線を外した。

流石にこの状況で、清水さんを誘うなんて真似はもう出来ないのだろう。

俺はそんな渡辺くんを見て、正直スカッとした気分になった。

孝之のおかげで、これで彼にも良い薬になったことだろう。

そんなことを思っていると、突然隣に座っている三枝さんがすっと立ち上がった。

そして、周囲に人が沢山いるにもかかわらず、これまでずっとしていたサングラスをそっと外す。

「山本くん、皆さん、やりましたねっ！　おめでとうございます！」

そしてそのまま、見事勝利したうちの高校のバスケ部のみんなのもとへと歩み寄ると、天使のような微笑みを浮かべながら頑張ったみんなへ賞賛の言葉を送ったのであった。

そんな、突然現れたエンジェルガールズのしおりんを前に、一気にざわつく会場内。

それはバスケ部のみんなも同じで、同じ学校に通っていることは知っていても、突然現れた生しおりんに同じく驚いていた。

「え……ハァ!?」

突然のしおりんの登場に驚いたのは、項垂れていた渡辺くんも同じだった。

いきなり現れた国民的アイドルを前に、ポカンと口を開けてただ驚いていた。

そして、バスケ部のみんなに労いの言葉をかけ終えると、満足そうに俺達のもとへと戻ってきた三枝さんは、元いた清水さんの隣にまたちょこんと座ったのであった。

「え？　し、清水さん、しおりんと知り合いなの!?」

そんな清水さんのもとへ、驚いた様子の渡辺くんがやってきた。

「さくちゃんは、私の友達だよ？」

驚く渡辺くんに向かって、清水さんが答えるより先にニッコリと微笑みながら返事をする三枝さん。

「え、そ、そうなんだ！　お、俺ずっとエンジェルガールズのファンで、清水さんとは中学の時の同級生で、その！」

するとは渡辺くんは、なんと今度は清水さんではなく三枝さんに声をかけ出したのであった。

こいつどんだけだよと、正直呆れてしまった。

「そうなんですね」

しかし三枝さんは、ニッコリと微笑みながら一切アイドルムーブを崩さない。

そんな三枝さんに、顔を真っ赤にしながらも、さっきまでの落胆が嘘のように嬉しそうな顔をする渡辺くん。

「あ、あの！　俺――」

「んー、でもわたしは、山本くんも大切な友達なんだ。だから君、さっきさくちゃんと山本くんに変なこと言ってたでしょ？」

「あ、いや、それは……」

ニッコリ微笑んだまま、静かにそう告げる三枝さん。

そんな三枝さんを前に、渡辺くんは何て言ったら良いのか分からず言い淀む。

「わたしは、わたしの大切な友達の気持ちを考えられない人は、ちょっと苦手かな」

それだけ告げると、三枝さんは「行こ？」と清水さんの手を引いて立ち上がり、そのまま体育館から出て行ってしまった。

こうして、清水さん、それから三枝さんにも拒絶されてしまった渡辺くんは、悔しさと恥ずかしさで酷く顔を歪めながら、その場にただ立ち尽くしていた。

俺はそんな哀れな渡辺くんを見ながら、三枝さんが何であんなことをしたのかようやく理解し、そして自分の顔を晒してまでも友達のために動いてくれた三枝さんのことが、と

ても誇らしくて、それから更に好きになってしまったのであった――。

　無事試合が終わり、俺も個人的に孝之にちゃんとおめでとうを伝えると、それから体育館から少し離れた人気(ひとけ)のない所で待っている三枝さんと清水さん二人と合流した。

　二人とも先に出ていっちゃったからどうしようと思っていたところ、ここで待ってるよとグループＬｉｍｅで送られてきていたため、本当にＬｉｍｅって便利だなと実感した。

　それから俺達は、暫くさっきの試合の感想とか色々と話をしながら時間を潰していると、試合後のミーティングを終えた孝之が急いでやってきたため、そのまま四人で一緒に帰宅することになった。

　会場の学校を出ると、三枝さんのこともあるし俺達は極力人気(ひとけ)を避けるため、ちょっと遠回りして近くの大きな川沿いを歩きながら駅へと向かうことにした。

「みんな、改めて今日は応援ありがとうな」

　孝之はニカッといつもの笑みを浮かべながら、俺達に向かって改めてありがとうと感謝する。

　あんな物凄い試合を見せてくれた今日の孝之は、まるでヒーローのようでいつも以上に格好良く見えた。

　隣を見ると、三枝さんは微笑み、そして清水さんは頬を赤く染めながら、そんな孝之のことをぼーっと見つめていた。

「あ、そうだ、たっくん！　せっかくこの街に来たんだから、わたしどうしても行きたいお店があったこと思い出したの！　だから良かったら、これから一緒に行かない？」

突然立ち止まった三枝さんは、俺の服の裾を摘みながらいきなり誘ってきた。

そして三枝さんは、孝之に気付かれないように清水さんに向かって一回ウインクをする。

そのウインクの意味を察した様子の清水さんは、ガチガチに固まる。

「お店？　うん、いいよ」

だから俺も、そんな急な三枝さんの誘いを二つ返事でオッケーする。

今日ここへ来たもう一つの目的を達成するためにも、今がその絶好のタイミングなのだ。

「え、お前らどっか行くのか？」

「お、おう、でも孝之は疲れてるだろ？　だから今日は真っすぐ帰った方がいい」

どっか行くなら俺もと言いたそうな孝之を、俺は先回りして先に帰るように促した。

そして、そんな孝之に向かって俺がアイコンタクトを送ると、俺が何を言いたいのか理解した孝之は、恥ずかしそうにしながらも「そ、そうだな」と言い、そして意を決した様子で清水さんと向き合う。

「清水さんは、その……良かったら、近くの駅まで一緒に帰らないか？」

そんな孝之の誘いに、清水さんは顔を真っ赤にしながらも無言でコクコクと頷いた。

そんな二人のやり取りを見届けた三枝さんは、「じゃあ、今日はさくちゃんとここでバイバイだね！」と言いながら、清水さんの背中を優しくポンと押した。

そして俺も、「じゃあ、また今度な！」と孝之の背中を軽く押す。

俺と三枝さんそれぞれに背中を押された二人は、さっきより近付いてしまったその距離に、お互い顔を真っ赤にしながら向き合った。

「じゃ、じゃあ、帰ろうか」

「う、うん」

こうして、俺達に別れを告げると二人は並んで駅へと向かって歩き出した。

そんな二人の背中を、俺と三枝さんは近くに隠れながらそっと見守った。

「……上手く行くといいね」

「うん、あの二人ならきっと大丈夫だよ」

微笑みながら呟く三枝さんに、俺も微笑み返しながら答えた。

それから暫く二人の背中を見送っていると、急に孝之が立ち止まった。

何事かとその様子を窺っていると、孝之は隣にいる清水さんに向き合い、そのままガバッと頭を下げた。

そして、孝之は何かを言いながら清水さんに向かってその手をバッと差し出す。

そんな孝之に一瞬戸惑った様子の清水さんだが、少し間を空けて孝之の手にそっと自分の手を重ねる――。

そして二人は、おかしそうに笑い合ったあと、そのままその手を繋ぎながら再び駅へと向かって歩き出したのであった。

離れているため、二人の声はちゃんと聞こえなかった。

しかし今、二人の間に何があったのかぐらいは分かった。

「――二人とも、おめでとう」

夕日に照らされた二人の背中に、俺は感激で泣きそうになりながらそう呟いた。

隣の三枝さんはというと、かけていたサングラスを外し、しっかりと手を取り合う二人を見ながら涙を流していた。

そして、三枝さんは泣きながらも「良かったね」と俺に最高の笑顔を向けてくれた。

俺はそんな三枝さんを見て、今まで我慢していたものが一気に溢れ出してしまい、不覚にも一緒に泣いてしまった。

女の子の前で泣くなんてめちゃくちゃ恥ずかしいけど、嬉し涙だからセーフだセーフ。

「……ねぇ、たっくん」

それから、幸せそうな二人が見えなくなるまで見送ったところで、三枝さんが前を向いたままそっと話しかけてくる。

「ん？　どうした？」

「なんていうか、二人を見てたらね、何だか良いなぁって思って」

「……うん、そうだね」

良いなぁという三枝さんに、俺も頷いた。

無事結ばれた二人を見ていたら、俺だって恋愛したいという気持ちが一気に膨れ上がってきたのだ。

「だから、ね？　あんな風に手を繋ぐのって……どんな感じなんだろうなって思って……」

そう言いながら、俺の顔を真っすぐ見つめてくる三枝さん。

その頬は、ほんのりと赤く染まっていた――。

俺はそんな三枝さんの姿に、急に胸がドキドキと高鳴り出してしまう。

「……だから、練習」

「れ、練習？」

「うん、練習で……手を繋いで、みよ？」

そう言うと、三枝さんはその小さくて柔らかい手をそっと俺の手に重ねてきた。

恥ずかしそうにじっとこちらを見つめてくる三枝さんを前に、俺ももう止まることなんて出来なかった——。

「うん……練習、ね」

俺はそう答えると、そのまま三枝さんの手をぎゅっと握り返した。

「じゃ、じゃあ行こうか」

「う、うん」

そして二人、手を繋ぎながら、駅へと向かってゆっくり歩き出した。

そんな俺達二人の顔は、目の前の夕日のように真っ赤に染まっていた——。

◇

「エヘへ、エへへへ♪」

「どうかした？」

「なんでもないよーエへへ♪」

手を繋ぎながら川沿いを歩いていると、三枝さんはずっとこんな調子で嬉しそうに微笑んでいた。

「そっか、なんでもないかー」

「うん、なんでもないよーエへへ♪」

そんな、本当に楽しそうな三枝さんを見ていると、俺まで自然と笑みが零れてしまう。

「ねぇ、たっくん見て」

そう言われて俺は、三枝さんの指差す先へと目を向ける。

するとそこには、流れる川が夕日で照らされて煌めいており、とても綺麗な景色が広がっていた——。

「綺麗だね……」

無邪気な笑みを浮かべながら、そんな景色を眺める三枝さん。

しかし俺の目には、そんな綺麗な景色もほとんど入ってはこなかった。

何故なら、夕日に照らされながら微笑む三枝さんの方が、広がる景色以上に美しかったから——。

そして、そんな三枝さんに対して俺は、もう自分を誤魔化すのは限界なことに気付かされる。

だから、これまであれこれと理由をつけては避けてきた一つの気持ちに対して、俺はちゃんと向き合う決心をした。

——俺は、三枝紫音のことが大好きだ。

だからもう、相手はアイドルだからとか、高嶺の花だからとか、そんなことを言い訳にするのは終わりにしよう。

釣り合わないと思うなら、釣り合う男になればいい。

この気持ちと向き合うということは、そういうことだ。

だから今は練習でも、いつか本当にこの手を掴んでみせるからと、俺は隣で微笑む三枝さんに向かってそう強く誓ったのであった——。

書き下ろしSS

高校へ入学してまだ間もない、ある日の昼休み。

俺はいつも通り親友の孝之と共に弁当を食べ終えたあと、特にすることもない残りの昼休みを他愛のない会話をしつつ楽しんでいた。

高校生活にも少しずつ慣れてきてはいるが、こうして同じクラスに親友がいることは本当に良かったと思う。

あまり社交的ではない俺にとって、新しい環境というのは中々馴染めるまでに時間がかかるため、こうして孝之がいてくれるおかげで俺は所謂ボッチというやつにもならず平穏無事に高校生活を謳歌出来ているのであった。

――それに、このクラスは尚更なんだよな……。

そう思いながらそっと後ろを振り返ると、斜め後ろの席に座る三枝さんの周りには、今日もクラスのみんなが集まっていた。

彼女を中心に賑わっており、元国民的アイドルで有名人な彼女は、今日も変わらず特別な存在感を放っているのであった。

そう、そんな有名人である三枝さんが同じクラスにいることで、クラスは彼女中心で回っているというか、それにより尚更クラスに入り込み辛く馴染むことが難しくなっているのであった。

「本当によ、同じクラスにあのエンジェルガールズがいるだなんて未だに信じられないよな」

「ああ、そうだな」

そんな今日も賑わう光景を見ながら、俺も孝之も三枝さんが同じクラスにいるこの状況だけは未だに慣れることはなかった。

いつもテレビで見ていた憧れの美少女が、同じ学校の制服を着て普通に同じ教室にいるのだ。

そんな三枝さんは、今日もみんなの輪の中心で可憐に微笑んでおり、その姿を生で見られているだけでも有難さを感じてしまう。

それ程までに、やはり俺達庶民とは一線を画す存在感が、彼女からは感じられるのであった。

「あ、それはそうと、さっき言ってたのってこれだよな?」

そう言って、孝之がスマホの画面を見せてくる。

画面に映っていたのは、さっき話していたコンビニスイーツの画像。

「そうそう、これ。マジで美味しかったぞ」

「へぇ、確かに美味しそうだな。俺も食ってみるかなー」

「じゃ、食べたら感想宜しく！」

そんな、男子二人でコンビニスイーツの会話をしているのもどうかと思うが、これは本当に美味しかったから是非ともオススメしたい一品だった。

こういう美味しい食べ物の情報を逸早く得られるのは、コンビニでバイトする利点の一つなのかもしれない。


「ごめんねみんな！　ちょっとやらないといけないことがあるから、いいかな？」

すると突然、背後から少し大きめな三枝さんの声が聞こえてきた。

申し訳なさそうに話しているものの、ちょっと慌てている感じで声を張っていたため、ここまではっきりと聞こえてきた。

その結果、その言葉に応じて周囲に集まっていた人達は一人また一人と三枝さんのもとから離れていく。

何度見ても、たった一言で周囲にこれ程までに影響を与えてしまう彼女のカリスマ性には、驚かされるばかりだった。

「ちなみにこれ、どっちの味の方が美味しいんだ？」

「ん？　ああ、やっぱ抹茶味だな」

「ふーん、じゃあそっち買ってみるか。置いてるのって卓也のバイトしてるコンビニ系列だけなんだよな？」

「ああ、うちのプライベート商品だからな」

ちなみにさっきから話しているのは、なんてことはないうちのコンビニの新作シュークリームの話だ。

本当に他愛のない、どうでも良い話題なのだが、何でもない日常の中で長年一緒にいる友達とする会話なんてそんなものだ。

しかし、そんな会話をしていると何やら背後から気配を感じる。

別に気にする程でもないのだが、何となくそれが気になった俺が後ろを振り返ると、そこには一人目を閉じて物凄く集中した様子の三枝さんの姿があった。

何をしているのかは分からないが、その表情は真剣そのもので、気迫のようなものまで感じられた。

何故そうしているのか理由こそ分からないが、その姿はやっぱり美しく、思わず見惚れてしまいそうになっていると、急に三枝さんの目がカッと見開かれる。

そして何を思ったのか、スマホを取り出すと急いで何かを検索しているようだった。

一体何を検索しているのかは分からないが、さっきまで目を閉じて集中していたかと思えば、いきなり目を見開いて調べものをし出した三枝さんは、今日も人知れず持ち前の挙動不審を発揮しているのであった。

——あっ。

すると、そんな俺の視線に気が付いたのか、ふとスマホの画面から顔を上げた三枝さんと目が合ってしまう。

そして、俺が見ていたことが意外だったのか、驚いた様子の三枝さんは慌てて立ち上がると、そのままスマホ片手に足早に教室から出て行ってしまった。

——いや、ちょっと目が合っただけだよな？

そんな、今日もやっぱり挙動不審な三枝さんだが、さっきまで完璧アイドルのように振る舞っていただけに、その理由は全くもって分からなかった。

もしかしたらだけど、俺の前でだけ様子がおかしくなるのかも？　なんて気がしなくもないが、流石にそれは己惚れ過ぎというやつだろう。

◇

学校が終わり、今日も始まったコンビニでのバイト。

学校とバイトの両立という新しい生活リズムにも段々慣れてきた俺は、今では一通りの仕事は先輩に聞かなくてもこなせるようになっていた。

それでも、今日は暫く一人でお店を任されているため緊張していたのだが、幸い今は誰もお客様がいないから助かっている。

——ピロリロリーン。

「いらっしゃいませー」

すっかり聞きなれてしまったそのメロディーに合わせて、俺はやってきたお客様への挨拶をすると共に、その姿を確認する。

するとそこには、キャスケットを深く被り、縁の太い眼鏡にマスクで顔を隠した、明らかに怪しげな女性が一人立っていた。

それは勿論言うまでもなく、何故かこのコンビニへ現れるようになった三枝さんだった。

今日も相変わらずの怪しさ全開なのだが、それでも彼女は同じクラスメイトで、しかも有名人なのだ。

何故彼女がこんな格好をしてコンビニへ現れるのかは謎なままだし、気にならないと言ったら嘘になる。

しかし、ちょっと怪しいだけで別に害はないから、俺はひとまず今日も彼女の行動に注目してみることにした。

三枝さんへ視線を向けると、早速思いっきり目と目が合ってしまう。

すると、三枝さんは俺からすっと視線を逸らすと、慌てて逃げ出すようにドリンクコーナーの方へと移動してしまった。

そして三枝さんは、まるで俺から棚で隠れるように丁度死角となる位置でピタリと立ち止まる。

――いや、何故逃げる？

そんな、早速今日も挙動不審全開な三枝さんのことが、俺はやっぱり気になってしまう。国民的アイドルグループに所属していた、超が付く程の有名人である彼女が、こんな何でもないこのコンビニへやってきては、いつもあんな謎行動をしているのか気にならない方がおかしいって話だ。

そして三枝さんは、棚でその身を隠しながらひょっこりと顔だけ出すと、こっちの様子をじっと窺ってくる。

きっと彼女的には、こっそりこっちを見ているつもりなのだろう。

しかし残念ながら、他にお客様のいないこのコンビニではめちゃくちゃ目立ってしまっていることに、恐らく彼女は気付いていない。

いつもは教室で可憐な笑みを浮かべ、クラスメイト達とも完璧に接しているあの三枝さんが、何故こんな挙動不審な行動をしているのか全く見当も付かない俺は、この三枝さんの謎行動に対してどう対処したら正解なのかなんて勿論分かるわけがない。

——声をかけたらいいのか？　でも、三枝さんは変装してここへ来ているわけで、それってつまりバレたくないってことだよなぁ……。

うん、駄目だ。やっぱり全然分からない。

だから俺は、深く考えることはもう諦めて、今日もいつも通り気付かないフリに徹することにした。

すると、またすっと棚の後ろに引っ込んだ三枝さんは、それから何事もなかったかのように買い物カゴを手にすると、そのまま普通に買い物を始めた。

心なしか動きが硬いようにも思えるが、スマホを片手に移動する三枝さんは、とある棚の前で立ち止まる。

棚で隠れてしまっているためその表情は見えないが、暫く商品とにらめっこしていた三枝さんは、商品をカゴに入れてレジへとやってきた。

こうしてレジへとやってきた三枝さんはというと、さっき目が合ったのが恥ずかしいのか、顔を赤くしながら俯いていた。

そんな三枝さんに苦笑いしつつも、俺はバイト中だと気を引き締め直すと、カゴの中の商品の集計を開始する。

——ふんわりシュークリーム（抹茶味）、一点。

ん？　今日はこれだけか？

そう、三枝さんの持ってきた買い物カゴには、シュークリームが一つ入れられていただけであった。

わざわざカゴに入れなくてもとは思うが、まぁ色々買うつもりだったが結局買わない時とかもあるだろうから、気にせず金額を伝える。

「百二十六円になりま——」

「これで!!」

今日も俺が言い終えるより先に、財布の中から千円札を取り出すとシュバっと差し出してくる三枝さん。

そんな毎度の挙動不審にも少しだけ慣れてきた俺は、その千円札を受け取ると手早く精算を済ませてお釣りを手渡す。

すると三枝さんは、そんなお釣りを差し出す俺の手を大切そうに両手で包み込みながらお釣りを受け取る。

しかし、今日は千円札で会計するにはバランスが悪すぎた。

手の中でジャラジャラと溢れかえる小銭が、三枝さんの指の隙間から抜け落ちて一枚転がり落ちてしまう。

「「あっ」」

そんな不測の事態に、俺と三枝さんの声が見事にシンクロする。

慌てて三枝さんはお釣りを財布にしまうと、転がってしまった硬貨を拾おうとする。

しかし恥ずかしいのか、あわあわと慌ててしまっている様子の三枝さんは、さっき転がり落ちた小銭の行き先を中々見つけられない。

「ふぇぇ、ないぃ……どこぉ……」

パタパタと慌てながら、珍しくそんな弱音を吐く姿は三枝さんには悪いけれど可愛かった。

しかし、流石に不憫なので俺はそんな三枝さんに助け舟を出す。

「お客様！　足元にあります！」

レジカウンターから身を乗り出して一緒に小銭を捜すと、三枝さんの足元にキラリと光る硬貨を見つけた。

だから俺は、急いでそのことを伝えると、三枝さんはまるでカエルのようにその場から慌てて飛び退いた。

そして、足元に転がっていた百円玉の存在を見つけると、ほっとした様子で三枝さんはそれを拾って財布の中へしまった。

「あ、ありがとうございましたっ！」

そして俺に深々と頭を下げてお礼をすると、やっぱり恥ずかしいのか慌てて帰って行ってしまった。

そんな嵐のような慌ただしさで去って行く三枝さんの背中を見送りながら、俺はやっぱりどうして三枝さんがシュークリームを一つだけ買って行ったのか改めて気になりだしてしまった。

別に何を買おうが自由なのだが、それでもなんでよりによってあのシュークリームを一つだけ買って行ったのか、他に何もすることのないバイト中、気になりだしたら止まらなくなってしまう。

そして気になり出すと謎は深まる一方で、この日のバイト中にずっと考えてみたのだが、結局理由は分からず仕舞いなのであった。

◇

そして次の日。

いつも通り登校すると、朝練習を終えた孝之が俺の席までやってきた。

「おはよう卓也！　昨日言ってたあれ、食べたぞ」

「ん？　あれってなんだ？」

「なんだよもう忘れちまったのかよ！　シュークリームだよ」

そう言えば、昨日そんな話してたっけ。

「ああ、あれね。それでどうだった？」

「そうだな、甘いものマイスターの俺が採点するなら――百点満点だな！」

「そりゃよかったよ」

どうやら孝之の口にも合ったようで良かった。

まぁ孝之の場合、昔から大抵のものは美味しい美味しいって食べる奴だから、何がマイスターだよって話なんだけど、今はそっとしておこう。

――あれ？　そういえば、三枝さんも昨日同じシュークリーム買ってたよな？

そう、昨日三枝さんが唯一買って行ったあのシュークリームは、そう言えば孝之と昨日話していたシュークリームと同じものだったのだ。

しかし、何故三枝さんがそれだけ買って行ったのかについては、結局その理由は分からず仕舞いなのであった。

――もしかして、昨日俺達が教室で話していたから？

なんて考えも少し過ったが、すぐさまそんなわけないよなとその考えを否定する。

そもそもあの有名人である三枝さんが、俺達の下らない会話なんかを聞いてわざわざ同じものを買うわけがないのだ。

――まぁそれでも、万が一の話もある、か。

そう思った俺は、昨日のあの謎のシュークリーム一つだけの件の真実を確かめるべく、有り得ないと思いつつもダメ元でアクションを起こしてみることにした。

「そういえば昨日、あのシュークリーム、一つだけ買って行ったお客さんいたなぁ。もしかして、どっかで俺達の会話を聞いてたのかもな」

ガタッ！

後ろの三枝さんに聞こえるような声で、わざとらしく呟いてみる。

すると、そんな俺の呟きに反応するかのように背後から突然物音が聞こえてきた。

俺も孝之も何事だと、その音のした方を慌てて振り返ると、そこには自席で立ち上がった三枝さんの姿があった。

そして何だか身体をガチガチに固めながら、気まずそうにこっちを見てくる三枝さん。

――えっ？

何故、三枝さんがそんな反応をする？

それじゃまるで、本当に三枝さんが昨日の俺達の会話を聞いていたみたいじゃないか……。

すると三枝さんは、何かを決心するようにぐっと気合を入れると、それからぎこちない足取りで俺達の席まで近づいてきた。

クラスのアイドルで、誰よりも美少女である三枝さんが急に近付いてくることに、俺も孝之も緊張しつつ何事だと身構えるしかなかった。

そして近付いて来た三枝さんは、一体何をするのかと緊張する俺達に向かって、グッと親指を立てる。

「ふ、二人とも、シュークリームの話、かな？　わ、わたしもそれ、昨日食べたよ！　お、おお美味しいよねっ！　へへっ！」

目を泳がせつつ、何とも言えない笑みを浮かべながら、三枝さんはそれだけ告げると「そ、それじゃ！」と一言、足早に教室から出て行ってしまった。

「な、なんだったんだ……」

「さ、さぁ……」

残された俺達は、突然の出来事にただキョトンと驚くことしか出来なかった。

去り際にちらっと見えた三枝さんの顔は真っ赤に染まっており、何だかよく分からないけれど今日も三枝さんは持ち前の挙動不審を全開で発揮しているのであった——。

あとがき

この度、本作にて書籍デビューをさせて頂く事になりました、こりんさんと申します。

早速ではありますが、ページ数も限られておりますので、まずは本作への思いなどをここに書かせて頂きたいと思います。

本作を書く事になったキッカケですが、最初は「こんなヒロインがいたら、きっと可愛いんじゃないかな？」という完全な思い付きで、あとは勢いのみで書かせて頂きました。

普段は、高嶺の花で完璧とも言えるような女の子だけど、主人公くんの前でだけは挙動不審になっちゃうっていう、実は結構ポンコツ系ヒロイン。

時に笑えて、可愛くて、挙動不審で、そのうえでしっかりと恋を育んでいく二人だけのラブコメを書きたいという思いで、『小説家になろう』様にて連載を開始させて頂きました。

その結果、作家としての実績もなく無名な私でしたが、三枝紫音（さえぐさしおん）という挙動不審ヒロインの一点張りで、多くの読者様から評価を頂く事が出来ました。

それは、私にとって大きな喜びであり、そして作家としての誇りにもなっております。

更には、それがキッカケで小説家になろう様の「今日の一冊」にも選出して頂く事まで出来ました。

そして何より、現在の担当編集様より書籍化の打診を頂けた事で、こうしてついに書籍として皆様のもとへお届けする事まで出来ております。本当に有難うございます。

そしてイラストレーターを、元々私が好きで以前よりイラストを拝見させて頂いておりましたkr木先生にご担当頂けたのは、本当に嬉しい限りです。どのイラストも、本当に素敵ですよね！

なので、私はこの「クラスメイトの元アイドルが、とにかく挙動不審なんです。」（略称クラきょど）を通して、本当に色々な経験をさせて頂く事が出来ております。

そしてそれは、出来ればこれからもずっと継続させたいですし、そのためにも読んで下さる皆様に楽しんで頂けるよう、これからも頑張り続けたい一心でございます！

どうでしょう？　本作のヒロイン気に入って頂けましたでしょうか？

一巻ではたっくんの決意まででしたが、ここから二人の仲はもっと近付いていきますし、そしてそれ以降のエピソードもきっと楽しんで頂ける内容になっていると思います！

本作ヒロインのしーちゃんは、今後色んな意味で更にパワーアップして参りますので、次巻以降も是非ご期待ください！

最後に、改めまして今回書籍化の機会を与えて下さったマイクロマガジン社様及び担当編集様、そしてイラストをご担当頂きましたkr木先生、それからこのクラきょどを手に取りお読み下さった皆様、本当に有難うございます。

そしてこれからも、どうか宜しくお願いいたします！

※良ければ、Twitterで「#クラきょど」のハッシュタグで感想など呟いてくださいね！

ファンレター、作品のご感想をお待ちしています!

【宛先】
〒104-0041
東京都中央区新富1-3-7　ヨドコウビル
株式会社マイクロマガジン社
GCN文庫編集部

こりんさん先生 係
kr木先生 係

【アンケートのお願い】

右の二次元バーコードまたは
URL (https://micromagazine.co.jp/me/) を
ご利用の上、本書に関するアンケートにご協力ください。

■スマートフォンにも対応しています (一部対応していない機種もあります)。
■サイトへのアクセス、登録・メール送信の際の通信費はご負担ください。

GCN文庫

クラスメイトの元アイドルが、とにかく挙動不審なんです。

2022年1月27日　初版発行

著者　こりんさん

イラスト　kr木

発行人　子安喜美子

装丁　伸童舎株式会社
DTP／校閲　鷗来堂

印刷所　株式会社エデュプレス

発行　株式会社マイクロマガジン社
〒104-0041 東京都中央区新富1-3-7 ヨドコウビル
[販売部] TEL 03-3206-1641／FAX 03-3551-1208
[編集部] TEL 03-3551-9563／FAX 03-3297-0180
https://micromagazine.co.jp/

ISBN978-4-86716-234-7 C0193